보이지 않는 힘이 내 편이 되어줄 때

보이지 않는 힘이 내 편이 되어줄 때

사토미 지음 김영진 옮김

북레시피

서문

　저는 영적인 대화를 전달하는, 이른바 '스피리추얼 텔러'로 활동하고 있습니다. 교토에서 주로 생활하고 있으나 상담 의뢰를 받으면 전국 어디든 달려가 세상을 떠난 사람으로부터의 메시지를 전달해줍니다. 메시지가 들려올 뿐만 아니라 그 사람의 형상이나, '저쪽 세상'에서 지내는 모습이 영상으로 보이기도 합니다. 그럴 때는 의뢰인에게 그 사람의 생김새부터 옷차림, 손에 쥐고 있는 물건, 또 표정이나 분위기 등 보이는 대로 이야기해줍니다.

　제게 보이는 사후 세계에는 강이 있습니다. 세상을 떠난 사람들 대부분이 다시 태어나기를 기다리며 강가를 걷고 있는 모습이 보입니다. 뒤에서 자세히 이야기하겠지만, 세상을 떠난 사람은 100년 정도 그 강가를 걷다가 다시 태어나 새로운 삶을 살게 됩니다. 말하자면 사후 세계에서 다시 미래를 향해 발걸음을 내딛기 시작하는 셈이죠. 하지만 그저 앞으로 나아가기만 하는 것은 아닙니다.

때로는 우리가 사는 세상으로 건너와 무언가 메시지를 전하려 하기도 합니다. 강을 걷다가 멈추어 서서 무언가 열심히 공부하는 사람이 있는가 하면, 먼저 세상을 떠난 아내를 찾아 그곳에서 재회한 부부도 있습니다. 사실 저 자신도 매일매일 이와 같은 사실들을 새롭게 발견하고 있습니다. 그렇기에 영적 텔러로서 경험을 쌓아가는 동안 세상을 떠난 사람을 통해 볼 수 있었던 풍경도 그 범위가 매우 넓어졌습니다. 또한 사후 재연되는 이러한 드라마는 이 세상에서 충실한 삶을 살았을 때만이 기회가 열리는 패턴으로 연결되어 있음을 깨달았습니다.

어릴 적, 보통 사람에게는 들리지 않는 소리가 들린다거나 남들에게 보이지 않는 것이 보일 때마다 엄마에게 곧이곧대로 그러한 사실을 털어놓았지만 엄마는 믿어주지 않고 언제나 화부터 내셨죠. "생각 없이 아무렇게나 그런 말 하면 못써." 자세히 기억은 나지 않지만 나중에 듣기로, 제가 어느 이웃집 창문을 콕 집어 가리키며 "저 집의 누군가가 죽는다"고 말한 뒤 얼마 지나지 않아 건강해 보이던 그 가족 중 한 명이 갑자기 세상을 떠났고, 또 어느 날은 제가 텔레비전에 나온 저명인사를 보며 "저 사람 위험하다"고 말한 직후 정말로 그 사람이 세상을 떠난 일도 있었다고 합니다.

그때 엄마는 그런 저를 보고 애가 좀 섬뜩한 데가 있구나 싶었다고 해요. 그렇다고 해서 그것이 특별한 능력이라고 여기지는 않았던 모양입니다. 오히려 쓸데없이 이상한 생각이나 한다며 핀잔을 듣곤 했으니까요. "애가 왜 그렇게 예민하고 까칠하게 구니. 남 일에 간섭 말고 신경 꺼." 그런 경험도 있고 하다 보니 제게 일어나는 일들을 다른 사람 앞에서 말하면 안 된다고 생각해 한동안 입을 꾹 다물고 지냈습니다. 그렇지만 성인이 되어 그 능력을 재인식하고부터는 타고난 사명을 다하기 위해 스피리추얼 텔러 활동을 시작했습니다.

'사후 세계'라든가 '망자'에 대해 더 깊이 알게 될 때마다 이 세상은 정말 불가사의한 얼개로 얽혀 있음을 깨닫습니다. 무엇 하나라도 의미 없는 일은 없습니다. 하지만 유감스럽게도 의미 있는 일을 무의미한 일로 치부해버리는 사람이 꽤 많습니다. 이는 매우 안타까운 일입니다. 이 책에서는 세상을 떠난 사람이 알려주고 싶어하는 40가지 이야기, '좋은 기운을 부르는 삶'에 대해 전하고자 합니다.

스피리추얼 텔러, 사토미

차례

사후 세계는 이 세상 삶의 연속

우리가 모르는 불가사의한 힘

무지개다리를 건넌 반려동물이
전하고 싶었던 말

준비된 만남과 이별

'보이지 않는 힘'이 우리를 지켜줄 때

세상을 떠난 소중한 사람이
알려주는 것

"나는 주어진 수명을 한껏 살았고 행복했단다.
좋은 가족을 만난 것도 축복이었지.
엄마는 충분히 만족하고 있으니 아무 걱정 하지 말고
최선을 다해 열심히 살아가거라.
엄마는 언제까지나 너를 지켜보고 있단다."

하나

그리워하는 마음은
반드시 가닿기 마련

마지막까지 손을 잡아주었기에

내가 세상을 떠난 사람을 부르면 대부분 지체 없이 나타나준다. 1년 전 세상을 떠난 사람도, 30년 전 세상을 떠난 사람도 두고 온 가족이나 소중한 사람과 이야기를 나누고 싶기는 마찬가지이기 때문이다. 나를 매개로 메시지를 전하고 싶다고, 내가 부르기도 전에 먼저 다가와 수다스럽게 말하듯 들썽들썽하는 사람도 있다. H씨의 어머니도 그중 한 사람이었다.

사후 15년이 지났는데도 어머니를 잃은 슬픔을 품고 살아간다는 H씨. H씨를 만나자마자 나는 곧바로 그 어머니가 곁에 와주셨다는 것을 알 수 있었다. 그리고 어머니는 세상을 떠나기 전의 상황을 상세히 설명해주셨다. "떠나기 4개월 전쯤부터 어쩐지 식구들 모두 갑자기 태도가 변해서 내가 죽을 때가 머지않았구나 하고 깨달았죠."

H씨가 말하길, 어머니가 암 진단을 받고 개복 수술을 했는데 이미 암세포가 전신으로 퍼져서 체력이 버티지 못할 것이라 판단, 아무런 처치도 않고 어쩔 수 없이 그대로 다시 봉합 수술을 했다는 것이다. 그리고 아버지를 비롯해 형제들과 의논하여 이 사실을 어머니에게는 말하지 않기로 했다고. "그런데 엄마는 그 사실을 다 알고 있었다는 거네요." H씨가 덧붙였다.

어머니 얘기에 따르면, 딸이 당신 앞에서 눈물을 참으려 안간힘을 쓰는 모습을 몇 번이나 본 데다, 평소 좀처럼 집에 오지 않던 아들이 자주 드나드는 걸로 보아 말하지 않아도 살날이 얼마 남지 않았음을 직감했다고 한다. "그래도 모두들 연기가 대단했지." 어머니가 웃으며 말했다.

"'엄마는 이미 죽음을 각오하고 있었기 때문에 가족들 앞에서 추호도 나약한 모습을 보이고 싶지 않았단다. 네가 마지막까지 손을 잡아주었기에 세상을 떠나는 순간 하나도 두렵지 않았어.' 어머니께서 이렇게 말씀하시네요."

이야기를 전한 순간 H씨의 눈에서 굵은 눈물방울이 뚝뚝 떨어졌다. H씨의 어머니가 다시 말씀하셨다.

"내가 생을 마감했다는 데 대한 슬픔보다 딸이 저렇게 매일 울고 있으니 가엾어서 견딜 수가 없었어요. 정작 나 자신은 부모님께 효도하지 못했는데 사는 동안 아이들한테 그토록 공경을 받아왔기에 정말로 행복했답니다."

"어머니께서 아주 행복했다고 하시네요."

이렇게 전하자 H씨도 눈물을 훔치며 말했다.

"15년 전에는 몰랐던 엄마의 진심을 알게 되어 어쩐지 후련해진 기분이에요." 그러면서 얼굴엔 진심 어린 미소가 피어올랐다.

하지만 나를 매개로 하지 않고도, 그러니까 설령 눈앞에 보이지 않는다 해도, 세상을 떠난 사람을 그리워하는 마음은 반드시 가닿기 마련이다. 전하고 싶은 말이 있다면 꼭 묘지나 추모 공원 등을 찾지 않더라도, 장소는 어디라도 상관없으니 그리운 사람에게 말 걸어보기 바란다.

케이크를 들고 나타난 정장 차림의 아버지

Y씨는 1년 전쯤 너무나도 사랑했던 아버지를 잃었다. 그 아버지 역시 딸을 끔찍이 아꼈고, 세상을 떠나기 직전까지 곁을 떠나지 않고 수발을 들어주었던 Y씨에게 고마운 마음을 전하고자 나를 찾았다.

"고맙구나." 딸을 향한 아버지의 첫마디였다.

"마지막으로 입원했을 때 유부초밥에 주먹밥에, 여러 가지 맛있는 음식을 가지고 와줘서 고맙다고 말씀하시네요. 매일매일 다 먹지도 못할 만큼 잔뜩 마련해 왔는데 고맙다는 인사조차 제대로 못 했다고요. 아버님 말투가 참 차분하고 느긋하시네요?"

그러자 Y씨가 쿡 하고 웃으며 아버지가 곁에 와 있음을 다시 한번 확인시켜주었다. "맞아요. 원래 말투가 아주 느릿느릿하세요."

그런데 Y씨의 아버지가 전하고 싶은 말은 그뿐이 아닌 듯했다. "지금까지 효도받은 게 너무나 고마워서요. 아버지로서 아무것도 해준 게 없는데 최선을 다해 보살펴준 데 대해 다소 늦었지만 오늘, 딸에게 감사 인사를 하러 왔다오. 그리고 이 아비는 저쪽 세상에서 아주 건강하게 잘 지내고 있다는 얘길 전하고 싶소." 아버지가 말씀하셨다.

이 말을 전하자 Y씨가 답했다. "돌아가시기 전, 골절로 입원하시고부터 다리 근육이 약해져 재활치료를 하고 있었는데 지팡이가 없으면 걷지 못하셨어요."

그러자 아버지가 소탈하고 익살스럽게 다리를 들어 올려 보여주며 말씀하셨다. "이제 아주 쌩쌩하단다."

살아생전 지팡이를 짚거나 휠체어를 타고 다니던 사람도 사후 세계에서는 대부분 정상적으로 성큼성큼 걸어 다닌다. 또 뇌경색으로 손발이 마비된 상태라든가 치매를 앓다가 세상을 떠났을 경우 가족들은 운명하기 직전의 모습만 떠올리겠지만 사후 세계에서 보이는 모습은 그렇지 않다. 본래의 건강했던 모습으로 나타난다.

"부디 그곳에서는 불편 없이 잘 걷게 되기를……" 종종 이렇게 기원하면서 생전 사용하던 지팡이 같은 것을 입관할 때 함께 묻어 보내는 사람도 있는데, 사후 세계에서 지팡이나 휠체어를 사용하는 사람은 없다.

Y씨의 아버지도 건강한 모습으로 멋지고 세련된 정장을 차려입고 있었다. 그리고 손에는 케이크 상자를 들고서 말씀하셨다. "어릴 때처럼 딸의 생일을 축하해주고 싶어서……."

생전에는 말이 별로 없는 편이었다고 하나, 어떻게든 딸을 향한 감사의 마음을 표현하고자 정장 차림으로 케이크를 들고 Y씨를 만나러 와주셨던 아버지. Y씨에게도 그런 아버지의 마음이 전해졌는지 "아버지답네요."라고 말하면서 기뻐하는 모습이었다.

언제나 지켜봐주고 있음을 기억해

뒤늦게야 비로소 전한 사과의 말

오랜 세월 정기적으로 상담을 오던 자매가 있었다. 두 사람 가운데 언니가 병으로 세상을 떠난 뒤 얼마 지나고서 동생이 오랜만에 나를 찾아왔다. 세상을 떠난 언니의 아들이 나이 서른이 지나도록 취업을 하지 못하고 있는데 하물며 아르바이트 자리도 '여기는 이래서 마음에 안 든다, 저기는 저래서 싫다' 하며 금방 그만두고 만다는 것이었다. "제발 정신 좀 차리고 어른답게 행동해." 이렇듯 전화상으로나마 이모로서 충고라도 한마디 할라치면 조카가 못마땅해하며 도중에 전화를 끊어버린다고.

그러자 세상을 떠난 언니로부터 겸연쩍어하는 듯한 메시지가 당도했다. "어릴 적부터 응석을 다 받아주다 보니 애가 너무 제멋대로 자라 가지고…… 폐를 끼치게 돼서 미안해." 그러면서 언니는 동생에게 거듭 사과했다.

이렇게 말한 언니는 사실 생전에도 동생으로부터 여러 번 같은 소릴 들었다. "언니가 응석을 다 받아준 탓이야!" 그럼에도 자신의 양육 방식이 잘못됐다는 걸 인정하고 싶지 않았던 나머지 끝까지 동생의 충고를 받아들이지 않았다고. 그런 와중에 세상을 떠나고 보니 그제야 아들의 미덥지 못한 모습과 동생의 근심 어린 모습이 뼈저리게 다가와 동생에게 사과하지 않으면 안 되겠다는 생각이 들었다는 것이다. 동생은 이 얘기를 전해 듣고 오히려 마음이 놓인다는 듯한 표정으로 말했다.

"뭐야, 사실은 다 알고 있었다는 거네."

사실 사후 세계에서는 매사 냉정하게 바라볼 수 있는 혜안이 생겨 이 언니분처럼 '이제 와 늦은 감이 없지 않지만, 그때 일을 사과하고 싶다'고 말하는 사람도 더러 있다.

그러나저러나 언니분이 어쩐지 행복한 표정이길래 보이는 그대로 동생에게 다음과 같이 전했다. "언니분은 저쪽 세상에서 아주 건강하고 편안하게 잘 지내고 계시네요. 돌아가시기 전에 입원했다고 들었는데 가족들과 많은 시간을 함께했었나 봅니다."

동생의 말에 따르면, 코로나 팬데믹으로 면회가 안 되는 병원이 많았던 가운데 언니가 입원한 병원에서는 매일 15분씩 대면할 수 있는 시간이 주어졌다고 한다. 한동안 반항심으로 부모에게 필요한 도움은 받을지언정 일절 입을 열지 않던 조카도 언니가 세상을 떠나기 직전 매일같이 병문안을 다니며 말문을 열었다고 한다. "항상 걱정만 끼쳐서 미안해요. 엄마가 안심할 수 있도록 저도 노력할 테니까 엄마도 힘내세요."

동생의 얘기를 가만히 듣고 있던 언니는 내게 한마디 메시지를 남기고 돌아갔다. "아들의 그 말을 믿어요." 아직 얼마간은 시간이 걸릴지 몰라도 무엇이든 들어주었던 어머니가 세상을 떠난 지금, 아들에게서는 이제 자신의 힘으로 조금씩 성장해나가려고 하는 의지가 엿보였다.

기뻐하길 바라는 마음

부부 사이 대화의 물꼬를 터준
어머니의 생선구이

I씨의 돌아가신 아버지는 다른 사람과 사정이 조금 달랐다. 내가 부르자 곧바로 나타나주기는 했지만 어쩐지 퉁명스럽고 무뚝뚝한 말투가 신경 쓰였다. "왜, 무슨 하고 싶은 말이라도 있나?" 알고 보니 그 원인은 제사상이나 차례상 차림이 뜸해진 데 있었다. 성묘도 오지 않았다. 세상을 떠난 지 10년 정도 되는데 언제부턴가 가족 중 누구도 인사 한마디 건네주는 일이 없어 못마땅하던 차였다.

I씨에게 그 얘기를 전하자 머쓱해하며 말했다.

"맞아요. 제사는 친정어머니한테 일임하고 저도 가끔 얼굴을 비치긴 하지만 어쩌다 보니 제삿날 들르더라도 상에 술 한잔 올리는 것조차 잊고 돌아와버리곤 했지요."

"그렇다면 평소 식사 때라도 뭔가 아버님께서 즐겨 드시던 걸 상에 올려보세요. 사실 아까부터 아버님 앞에 생선구이가 보이던데…… 생선구이를 좋아하셨나요?"

이렇게 묻자 I씨가 "앗!" 하고는 답했다. "맞아요. 저녁상에 생선구이가 올라오면 반주를 곁들이면서 언제나 맛있게 드셨지요. 생선구이를 준비해서 내일이라도 당장 성묘하고 와야겠어요."

그래도 아버지는 아직 무언가 더 하고 싶은 말이 있는 모양이었다. 연유를 물었더니 이런 대답이 돌아왔다. "생선은 애들 엄마가 구워줘야 제맛인데." 무슨 뜻인가 싶어 I씨에게 되묻고 나서야 의외의 사실을 알게 되었다.

I씨가 말하길, 아버지가 돌아가시기 바로 얼마 전, 생선구이가 화근이 되어 어머니와 부부싸움을 했다고 한다. 그 후 아버지가 병으로 입원하시는 바람에 결국 그때 그 생선구이가 집에서 드신 마지막 생선구이가 되었다는 얘기. 아버지는 다툼의 원인이었던 생선구이를 계기로 어머니와 화해하고 싶었는지도 모르겠다.

"어쨌든 엄마에게 전해서 식사 때 꼭 한번 생선구이를 올리도록 해야겠네요."

I씨는 그렇게 말한 뒤 그날 상담을 마치고 돌아갔다. 그리고 다음번 찾아온 I씨를 보자마자, 밥상에 차려진 생선구이로 인해 I씨의 돌아가신 아버지가 매우 기뻐했다는 걸 알 수 있었다. 그뿐만이 아니다. 어느 결엔가 옆으로 다가와 "아내와의 관계도 좋아졌다"고 말씀하시는 아버지의 표정 또한 매우 밝아 보였다.

"어머니께 무슨 변화라도 생겼나요?" I씨에게 묻자 어머니께서 평소 식사 때 생선구이 외에도 때때로 아버지가 좋아하시던 술을 함께 상에 올리기도 한다고.

"거기다 사토미 씨한테 조언을 받은 이후로 어머니가 종종 아버지 사진을 보며 대화를 나누곤 하시더라고요. 사진틀도 열심히 닦고, 지난번 친정에 갔을 때 엄마의 변한 모습을 보고 깜짝 놀랐지 뭐예요."

살아생전 아버지가 좋아하던 음식을 상에 올렸을 뿐인데 어떻게 그런 변화가 생긴 걸까, I씨는 의아하게 생각했던 모양이다. 이유야 어떻든 '생전에 즐기던 음식'으로 상을 차리면서 어머니는 아버지와 행복한 과거를 되돌아볼 수 있었을 터이다.

겉치레뿐인 제사상 앞에서는 아무런 대화도 일어나지 않지만 소박한 상차림이라도 의미가 담긴 '무언가'가 올라가면 이야기의 실마리가 생긴다. 또한 그렇게 말 걸어주면 너무나 반가운 나머지 사후 세계의 끝없이 긴 강가를 걷는 발걸음마저 경쾌해진다. 그리고 그 보이지 않는 세계에서 무언가 보답을 하고 싶어진다. 이와 같은 얼개로 비록 세상을 떠난 이후지만 가족관계가 더욱 돈독해지는 경우도 있다.

잊지 않고 마음을 전하는 습관

I씨의 아버지가 '생선구이'를 좋아했듯이, 기본적으로는 제사상이나 차례상에 무엇을 올려도 고인이 생전 즐기던 음식이라면 그것만으로 충분할 수 있다.

비록 곁에 없지만 평소 작은 행위 하나로도 우리는 세상을 떠난 사람에게 마음을 전할 수 있고 또 그 진심은 기꺼이 받아들여진다. 살아생전 초밥을 좋아했던 사람이라면 저녁거리로 사온 생선초밥을 차려놓고 "제일 좋아하는 초밥이에요. 맛있게 드세요."라고 한마디쯤 건넨 다음 식사를 시작하는 습관도 괜찮다. 또 술을 좋아했던 사람이라면 가끔은 "함께 마시자!" 말하고 생전에 즐기던 술을 따라 마음속으로나마 건배를 해볼 수도 있다.

무엇보다 중요한 건 세상을 떠난 사람이 기뻐하길 바라는 마음이다. 과자든 과일이든 설령 '이걸 과연 좋아할까……'라는 생각이 들더라도 상관없다. 언제든 때마다 잊지 않고 마음을 전하는 습관을 들인다면 더욱 좋다. 지금 우리가 이 세상을 살아갈 수 있는 것은 생명을 이어준 선조는 물론 먼저 세상을 떠난 가족의 보살핌 덕분이기도 하기 때문이다. 그러니 작은 의식 행위로나마 감사의 마음을 표현하는 것도 중요하다.

'향불 연기가 세상을 떠난 사람의 밥이 된다'라고 하는 말이 있는데, 향기가 있는 물건이 사후 세계에 가닿기 쉽다고 한다. 꽃이라든가 포슬포슬 김이 나는 갓 지은 밥, 된장국, 커피 등 고인이 평소 좋아하던 '향기'가 있다면 꼭 한번 건네보기 바란다.

예전에 어떤 상담자가 말했다. "돌아가신 부모님께 매일 아침 녹차, 홍차, 커피를 비롯해서 늘 다른 종류의 차를 올리고 있어요." 이 경우 실제로 무척이나 기뻐하고 있는 그 부모님의 모습이 보였다.

"엄마 아빠를 생각해주어서 늘 고맙구나." 상담자에게 두 분의 말씀을 그대로 전했다.

세상을 떠난 사람을 위해 매일 잠깐이라도 시간을 할애한다면 어떤 식으로든 그에 대한 감사의 마음을 되돌려받는 일이 생긴다. 또한 그럼으로써 보이지 않는 힘의 도움을 받는 기회도 늘어날 것이다.

유품을 지니고 다니면

유품 소장 방법은 저마다 다를 수 있다

간혹 이런 질문을 받을 때가 있다. "돌아가신 엄마의 유품으로 목걸이가 있는데 그 목걸이를 지니고 다니면 엄마가 저를 지켜줄까요?" 또 이렇게 묻는 사람도 있다. "외출할 때면 언제나 먼저 세상을 떠난 남편의 시계를 차고 나가는데 그러면 남편이 저세상에서 기뻐할까요?"

대답은 어느 쪽도 같다. "그렇습니다."

세상을 떠난 사람이 소중히 여기던 물건을 지니고 다닌다는 상담자가 찾아올 때면 당사자로부터 "늘 잊지 않고 마음 써주어 고맙다"라고 하는 감사의 뜻이 전달되는 경우가 대부분이다. 또한 유품을 몸에 지니는 것만으로 어쩐지 보호받고 있는 느낌이 들어 안심이 된다면 실제로 세상을 떠난 사람이 지켜주고 있기 때문이라 해도 틀린 말은 아니다.

어느 상담자의 경우인데, 돌아가신 어머니께서 딸이 당신의 반지를 몸에 지니고 다녔으면 좋겠다고 요청을 해온 일이 있었다.

"'아버지한테서 선물받은 내 반지 말이다, 이런 모양인데, 아직 있을까?' 어머니께서 이렇게 물으시는데요."

어머니의 말씀을 전하자 상담자가 곧바로 대답했다.

"있어요! 유품으로 간직하고 있죠. 근데 그게 왜요?"

"그 반지를 몸에 지니고 다니면 좋겠구나. 사이즈가 안 맞으면 보이지 않는 곳에 넣어 가지고 다녀도 좋고. 그렇게 하면 언제나 너를 지켜봐줄 수 있으니까. 더 이상 슬퍼하지 말거라." 딸을 향한 어머니의 메시지였다.

엄마가 돌아가신 후 상담자는 오랫동안 낙담해 있었다고 한다. 자매처럼 모녀 사이가 좋았기에 그 상실감이 너무나 커서 어머니가 돌아가시고 한동안 회사도 다니지 못했다는 것이다. 그런 딸이 안쓰러웠던 어머니는 어떻게 해서든 딸이 기운을 회복하도록 도와주고 싶었고, 그런 어머니의 마음이 전달되자 상담자는 눈물을 흘리며 크게 고개를 끄덕였다.

"지금까지 무엇이든 함께해온 엄마를 잃고서 매일 불안감에 시달렸는데 이제 마음이 한결 편해진 것 같아요."

그분이 상담을 왔던 것도 나를 매개로 딸의 기운을 북돋아주고자 했던 어머니와 서로 통하는 부분이 있었기 때문인지 모른다.

그런가 하면 또 다른 한편으로, 유품을 항시 지니고 다님으로써 추억에 이끌려 언제까지고 슬픔의 밑바닥에서 헤어나오지 못한 채 살아가는 사람도 있을 것이다. 유품을 볼 때마다 고인이 생각나서 침울해진다거나, 유품을 지니고 다니는 것이 슬픔을 벗어나는 데 적합하지 않은 방법이라고 생각한다면 무리해서 지니고 다닐 필요는 없다.

고인의 유품을 무엇 하나라도 처분하지 않고 보관하는 것 또한 그다지 좋은 방법은 아니다. 고인이 이승을 떠돌지 않고 무사히 떠날 수 있도록 하기 위해서라도, 그리고 남은 가족이 뒤돌아보지 않고 다시 미래를 향해 나아갈 수 있도록, 기본적으로 유품은 정리하는 쪽이 옳다고 본다. 그렇기는 하지만 세상을 떠난 사람과의 추억이나 고인의 기운이 깃든 물건을 무언가 하나쯤 지니고 있는 것만으로 보호받는 느낌이 들 때가 있는 것도 사실이다.

나 역시 너무나 사랑했던 이모의 유품을 지니고 있다. 이모는 백금반지를 모으는 게 취미였기에 돌아가신 뒤 반지가 여러 개 남아 있었다. 나는 그 반지들을 녹여 팔찌로 만들어서 지니고 다니기로 했다. 이후 지금까지 함께해온 지 20년, 잠을 잘 때나, 샤워할 때나, 심지어 여행을 갈 때조차도 몸에서 떼어놓는 일이 없다. 딱 한 번 잃어버릴 뻔한 적이 있었는데 그때는 완전 패닉 상태에 빠졌었다. 그팔찌를 지니고 다녔던 건 단지 '이모가 지켜주기를 바라서'라든가, '이모의 몫까지 열심히 살아야지' 하는 이유에서가 아니었다. 처음에는 단순히 유품이라고만 생각했으나 어느새 그것은 내 소중한 보물이 되어 있었다. 이 또한하나의 유품 소장 방법이라고 생각한다.

처지나 상황에 따라 다르겠지만, 보통 가슴에 묻어두었다가 '중요하고 특별한 날만 유품을 몸에 지닌다'라고 하는 사람도 있다. 저마다 유품을 간직하는 방법이 있다면 그걸로 됐다. 다만 한 가지 잊어서는 안 되는 부분이 있다. '유품을 몸에 지니고 있으면 모든 일이 다 잘 풀릴 테니 거기에 맡기면 안심'이라고 생각하는 것은 금물.

아무런 노력도 마음도 기울이지 않는다면 유품으로서 남겨진 반지든 팔찌든 '그냥 액세서리'일 뿐이다. 유품을 지니고 다니기 걸맞은 성실한 삶의 태도로 살아가는 사람에게만이 보이지 않는 세계로부터 응원의 손길이 닿는다는 점을 꼭 기억해주기 바란다.

세상을 떠난 사람을 향한
회한과 후회는 뒤로하고

시간을 허비하며 살아가길 바라지 않아

인생에서 고비가 닥쳤을 때 상담을 찾아오는 경우가 많은데 C씨도 그런 사람 중 하나였다.

C씨로 말할 것 같으면, 10년 전쯤 친정 부모님의 사업을 물려받아 경영자로서 능력을 발휘하고 있는, 매우 밝고 터프한 여성이다. 그런데 남편이 세상을 떠난 이후로 좀처럼 기운을 회복하지 못하고 있다는 것이다. '좀 더 잘해주었어야 했는데……' 이런 후회가 몇 년이 지나도록 머릿속에서 사라지지 않는다고 했다.

그 자리에서 곧바로 남편을 불러내보았더니, 그는 매우

경쾌하고 쾌활한 모습이었다. 거기다 무사히 이승을 떠나 다음 생에 다시 태어나기 위해 성실하게 한 걸음 한 걸음 내디디며 저쪽 세상의 강가를 걷고 있었다. 오히려 C씨보다도 생기 있어 보였다.

"남편분이 걱정하고 계세요. 그쪽에서는 잘 지내고 있으니 염려 말고 아내분 건강 잘 챙기라고 말씀하시네요."

그렇게 전했지만 C씨는 여전히 마음을 놓지 못했다. "제가 사업을 재정비하느라 바빠서 남편에게 아무것도 해준 게 없어요. 정말로 그러면 안 되는 거였는데……."

부모님 사업을 이어받아 책임감이 컸던 탓으로 너무 일에만 매달렸던 것하며, 남편의 병을 알면서도 옆에서 제대로 챙겨주지 못했는데 더구나 시설에서 마지막 숨을 거두게 하고 말았다는 사실로 인해 계속 자책하는 것이었다. 이 얘기를 듣고 남편이 아내에게 전했다.

"하긴 온종일 일밖에 몰라서 말년은 부부 사이 대화도 뜸해지긴 했지. 당신이 밖에서 왕성하게 활동한다는 걸 알고 그리 달갑지 않은 적도 물론 있었어. 내가 함께 나설 수 있는 무대가 아니었으니까. 그래도 바쁜 와중에 할 수 있는 만큼 최선을 다해주었잖아. 그걸로 충분해. 어깨 활짝 펴고 당당하게 살아나가기 바라."

C씨는 고개를 조금 숙이고서 눈물을 글썽이며 한마디 한마디 새기듯 듣더니 남편이 전하는 격려의 말에 기운을

얻었는지 한층 밝은 표정으로 입을 뗐다. "알겠어요. 마음 다잡고 이제부터는 앞만 보고 살아갈게요."

온 정성을 다해 간호했음에도 불구하고 끝내 소중한 사람을 잃게 되면 '좀 더 잘했어야 했는데'라든가 '그런 말은 하지 말았어야 했는데'라고 후회하는 경우가 많다. 더 할 수 없이 최선을 다한 사람일수록 상실감과 후회가 더 크게 다가오는데 어쩌면 그만큼 책임감이 컸던 때문이기도 할 것이다.

다만 C씨의 경우처럼, 세상을 떠난 사람은 사후 세계에서 잘 지내고 있는데 정작 이 세상을 살아가는 사람이 우울과 절망에 빠져 있는다면 귀하게 주어진 '삶의 시간'을 낭비하는 셈이 된다. 세상을 떠난 사람은 그 누구도 자신의 소중한 가족이 시간을 허비하며 살아가길 바라지 않는다. 남은 가족이 후회하며 괴로워하는 모습을 볼 때 고인은 몹시 슬퍼한다.

이 책을 읽고 있는 여러분도 이와 같은 경험이 있다면 언제까지나 이런저런 생각으로 괴로워하지 말고 '내가 할 수 있는 한 최선을 다했다' 이렇게 스스로를 인정해주고 남은 인생 마음껏 행복을 누리기 바란다.

여섯

육체는 사라지지만 영혼은 남는다

나를 지켜봐주는 소중한 사람을 위해
그만 눈물을 거두고

소중한 사람이 세상을 떠나면 남은 사람은 '좀 더 오래 살았으면 좋았을걸, 왜 그렇게 빨리 가버렸을까.' 하고 애달파한다. 하지만 인간의 수명은 본인이나 가족의 노력, 의술의 힘으로 연장할 수 있는 게 아니다. 이를테면 암 진단을 받고 다행히 완치가 되는 경우도 있지만, 아무리 치료에 힘써도 끝내 세상을 떠나고 마는 사람이 있다. 그런가 하면 어느 날 갑자기 불의의 사고로 생을 마감하는 사람도 있다. 그 대상이 자신에게 있어 소중한 사람이라면 더더욱 이런 불합리한 죽음을 받아들이기 어렵다.

그렇지만 인간에게는 타고난 수명이란 게 있고, 그 수명은 이 세상에 태어난 순간부터 정해져 있다. 이는 명백한 사실이다. 다만 세상을 떠났다고 해서 모든 게 끝나는 건 아니다. 수명이란 육체가 이 세상에 존재하는 기간을 말한다. 그러니 수명이 다하면 육체는 사라지지만 그 사람의 '영혼'은 남는다.

한 상담자의 돌아가신 어머니로부터 다음과 같은 메시지를 전달받은 적이 있다. "나는 주어진 수명을 한껏 살았고 행복했단다. 좋은 가족을 만난 것도 축복이었지. 엄마는 충분히 만족하고 있으니 아무 걱정 하지 말고 최선을 다해 열심히 살아가거라. 엄마는 언제까지나 너를 지켜보고 있단다."

이 얘길 전해 듣고 상담자는 주르륵 눈물을 흘리며 말했다. "좀 더 오래 사셨으면 얼마나 좋았을까, 돌아가시고 난 뒤 후회와 회한뿐이었는데 엄마가 만족한다고 말씀하시니 한결 마음이 편안해지는 것 같아요. 뒤돌아보며 후회만 하고 있어봤자 아무 소용 없다는 걸 깨달았어요. 이제부터는 엄마가 언제 어느 때 보더라도 부끄럽지 않은 딸이 되도록 엄마의 그 말씀을 소중히 간직하며 살아가겠습니다."

너무나도 소중한 사람을 잃었을 때 그것이 어쩔 수 없

는 '수명'이었다고 여긴다면, 그만 눈물을 거두고 앞으로 나아갈 수 있지 않을까. 또한 그 소중한 사람이 세상을 떠난 뒤에도 나를 지켜보고 있다고 믿는다면 삶의 방식도 저절로 달라질 것이다.

지금, 현재에 충실하면 삶이 불안할 이유가 없다

M씨의 어머니는 66세 때 암으로 돌아가셨다고 한다. 상담자와 이야기가 시작되자마자 곧바로 M씨의 어머니가 곁에 다가와 미소 짓는 얼굴로 내게 인사를 건넸다. "불러 줘서 고마워요." 말투는 차분했지만 매우 기뻐하고 있는 듯했다.

이러한 상황을 전하자 M씨가 말했다. "엄마가 암 진단을 받고 난 뒤 1년이 눈 깜작할 새에 지나가버렸어요. 좀 더 오래 사셨더라면 많은 걸 함께할 수 있었을 텐데…… 좋은 곳으로 여행도 가고 맛있는 음식도 먹으러 다니면서 이런저런 얘기도 많이 나누고 싶었는데……."

그러자 M씨의 어머니가 의외의 이야기를 꺼냈다. "사실 원래대로라면 좀 더 일찍 세상을 떠났어야 하는 게 맞아요." 그러면서 본래 주어진 수명은 62세 정도였다는 것이다. 그렇다면 어째서 4년이나 연장되었는지 물었더니 이런 답이 돌아왔다. "고생한 대가가 아닐까요. 살기 위해 기를 쓰고 노력했으니까……."

"어머니께서 생전에 고생을 많이 하셨던가 봐요?" 상담자에게 물었다.

M씨에 따르면, 어머니는 5형제 가운데 중간으로 일곱 명의 가족이 북적거리며 살았는데, 어떤 사정으로 열 살 때 친척 집에 양녀로 가게 되었다고 한다. 갑자기 가족과 따로 떨어져 살게 된 데 대한 충격과 슬픔, 거기다 친척이라고는 하나 혼자만 다른 가정에 떠맡겨진 데 대한 불안감은 이루 말로 다 표현할 수 없을 정도였다. 양부모 밑에서 귀하게 자라기는 했지만 '어째서 내가?'라는 생각은 성인이 된 이후로도 머릿속에서 사라지지 않았다.

어머니는 세상을 떠나고 나서야 자신이 양녀로 갈 운명이었음을 깨달았다고 한다. 그렇긴 해도 당시는 아무것도 모른 채 서글픈 마음을 억눌러야 했다. 그러는 가운데 양부모님께는 정성을 다했고 이후 결혼해서 아이를 낳아 양육하며 성심을 다해 살아갔다. 그리고 그 삶에 대한 보상으로 4년간 생을 연장할 수 있었다는 것이다. 어머니는 또 이렇게 말씀하셨다. "여분의 인생을 부여받았다는 사실도, 세상을 떠난 후에야 비로소 알게 되었죠."

수명이 100% 정해져 있다고 하지만, 개중에는 M씨의 어머니처럼 본인의 필사적인 노력에 의해 그 기간이 연장되는 경우도 있다는 것을 이번 상담을 통해 알게 되었다.

스피리추얼 텔러로 활동하며 상담자들에게서 별별 질문을 다 받는다. "아버지가 병에 걸리셨는데 앞으로 얼마나 더 살 수 있을까요?"라거나 "사토미 씨, 저와 남편의 수명을 좀 알려주세요."라는 말을 들을 때도 있다. 유감스럽게도 나는 수명을 보진 않는다. 설령 보인다고 하더라도 얘기하지 않는다. 언제 세상을 떠날지, 불안한 마음으로 닥치지 않은 미래를 생각하면서 살아가기보다 어떤 방식으로든 지금, 현재에 충실하도록 의식의 방향을 돌려 삶에 매진하게 하고자 함이다.

먼저 세상을 떠난 사람들이 우리에게 가르쳐주고자 하는 바가 바로 이것이다. 어떠한 운명이 주어졌든 수명이 다할 때까지 최선을 다해 살아가는 게 이 세상에 존재하는 우리의 사명이라는 것.

선한 삶에 대한 보답

앞의 사례처럼 수명이 연장된 사람이 있는가 하면 반대로, 매우 드문 경우이긴 하나 수명을 단축해서 세상을 떠난 사람도 있다. 어느 상담자가 밝히길, 자신이 위중한 병을 앓고 있었는데 어머니가 돌아가시고 나서부터 하루하루 회복되는가 싶더니 급기야 반년 후 병이 말끔히 나아 건강해졌다는 것이다.

상담자의 돌아가신 어머니께 물었더니 역시나 이렇게 말씀하셨다. "내가 세상을 떠날 때 딸아이의 병을 가지고 갔지요." 사실 어머니의 수명은 당시 이삼 년이 더 남아 있었다. 하지만 딸의 병을 낫게 해주고 싶다는 간절한 소망 하나로 밤낮없이 기도했다고 한다. 자신의 남은 생과 딸의 회복을 바꾸어달라고.

기적 같은 이야기지만 그렇게 해서 결국 딸의 생명을 지켜주고자 하는 바람을 성취한 사람이 있다는 것을, 그분의 어머니를 통해 또 한 번 배우게 되었다. 그렇다고 해서 이 같은 소망을 지닌 사람들 모두가 원하는 바를 이루는 것은 아니다. 한마디로 말해서, 본래부터 그 어머니가 살아온 삶이 더없이 훌륭했기에 그러한 일이 가능했다고 할 수 있겠다. 항상 '누군가에게 보탬이 되고 싶다'라는 마음가짐으로 선善을 축적해나가며 성실히 살아온 데 대한 보답이라고 해야 할까. 주변에 선한 영향력을 끼치며 충만한 삶을 실천해온 어머니였기에 보이지 않는 힘의 도움을 받을 수 있었던 것이다.

'덕을 쌓는다'라는 말도 있듯이, 남몰래 선한 노력을 거듭하며 살아온 사람의, 그야말로 간절한 소망이 결실을 이룬 경우가 아닐까 한다.

위의 사례처럼 조상의 은덕으로 딸을 지켜줄 수 있었던 경우가 있는가 하면, 이른바 '수호신'의 덕을 보는 경우도 있다.

'수호신'이란 혈육으로 이어진 선조의 영혼을 말함이 아니라, 사물이든 무형의 어떤 것이든 그에 깃든 영혼의 연계로 힘을 보태주는 존재를 말한다. 이를테면 개인에 따라 예술적 재능이 결실을 거둔다든지, 미용에 정통한다든지, 음악에 강하게 이끌린다든지, 글쓰기를 좋아한다든지 하는 것은 그 사람 곁을 지키는 수호신의 영향인 경우도 있고, 전생과 관련이 있는 경우일 수도 있다. 어쨌든 마음속 깊은 바람을 이루느냐 이루지 못하느냐는 그 사람의 지금까지 살아온 행적에 달려 있다고 해도 틀린 말이 아니다.

이런 일은 사실 반려동물에게도 일어난다. 꽤 나이 든 시바견을 키우고 있던 한 상담자의 이야기인데, 이사 전날 그 노견이 무지개다리를 건넜다고 한다. 남편이 아파서 치료 때문에 큰 병원 근처로 이사를 가게 되었는데 워낙 황망한 상황이었던 터라 이것저것 따져가며 집을 고를 여유가 없었다고 한다. 서둘러 결정하고 보니 새로 들어가는 집에는 막상 반려견이 뛰어놀 정원이 없었다.

"우리의 이런 사정을 미리 알고 스스로 떠나갈 시기를 선택한 걸까요?" 상담자가 슬픈 표정으로 말했다.

"그런 것 같네요. 그래도 이승을 떠돌지 않고 무사히 무지개다리를 건너 지금은 저쪽 세상에서 건강하게 뛰놀고 있습니다." 이렇게 전하자 상담자의 얼굴에 안도의 표정이 떠오르는 것을 볼 수 있었다.

소중한 사람, 또는 아끼는 반려동물이 사랑하는 가족이나 주인을 위해 스스로를 희생하는 것은 놀라운 일이기도 하거니와 매우 안타까운 일이기도 하다. 하지만 그러한 선택을 하는 사람도 분명 있고, 그와 같은 반려동물이 있다는 것 또한 사실이다. 저마다 사정이야 다르겠지만 자신을 대신한 안타까운 선택에 미안한 마음과 고마운 마음이 교차할 수밖에 없다. 다만 기억해두어야 할 것은, 설령 눈에 보이지 않더라도 세상을 떠난 사람의 영혼이 또는 무지개다리를 건넌 반려동물의 영혼이 항상 곁에 머무르며 지켜주고 있다는 믿음이다.

우리는 보이지 않는 세계로부터 수많은 사인을 받고 있으며 때로는 생각지도 못한 방식으로 그 메시지가 전달되기도 한다. 여러분 누구에게라도 '에이, 설마' 하는 일이 일어날지 모른다. 사후 세계로부터 도대체 어떤 사인을 전달받을 수 있다는 건지 좀 더 이야기를 이어나가보고자 한다.

아버지와 함께할 수 있었던 마지막 2년

아직 수명이 남아 있는데 눈을 감은 사람이 의식을 되찾은 일도 있다. N씨의 아버지가 바로 그랬다.

"아버님께서 5분 전에 숨을 거두셨습니다." N씨는 아버지가 입원해 계신 병원으로부터 연락을 받고 황급히 택시를 잡아타고 달려갔다. 택시 안에서 N씨는 원통한 마음을 누를 길이 없었다. 그 병원에서는 독감 예방 대책으로 인해 비록 생이 얼마 남지 않은 입원 환자라 하더라도 가족이 면회나 간호조차 할 수 없었는데, 그러던 차에 면회가 가능한 다른 병원을 찾았고 마침내 전원을 2주 앞두고 있던 터였다. '좀 더 일찍 다른 병원으로 옮겼더라면 이런 일은 없었을 텐데……' 하는 후회와 자책으로 N씨는 망연자실하여 병실을 향해 갔다.

상담을 온 N씨는 전후 사정을 설명하고서 다시 이렇게 말했다. "그런데 병원에 도착하자 원장님이 직접 나와서 이러는 거예요. '아버님께서 다시 호흡이 돌아왔습니다.' 그저 어안이 벙벙할 따름이었죠……."

의사의 말에 따르면, 사전에 연명치료거부 동의서를 받아두긴 했지만 N씨에게 연락하고 나서도 심폐소생술을 지속하던 중 의식이 돌아왔다는 것이다. 생환하신 당일은 의사소통이 어려운 듯했으나 다음 날부터는 평소처럼 대화도 가능했다. 실제로 이런 일이 일어나다니, N씨는 도저히 믿기지 않았다고 한다.

N씨를 가만히 살펴보고 있자니 N씨 아버지의 어머니, 그러니까 N씨의 할머니가 N씨의 아버지와 나란히 붙어 앉아 있는 이미지가 눈에 들어왔다. '아직은 이쪽으로 올 때가 아니야!' 하는 뜻을 읽을 수 있었다. 아무래도 할머니께서 아버지를 이 세상으로 다시 돌려보내는 역할을 맡으셨던 것 같다.

"그래도 이게 정말 있을 수 있는 일인가요?" N씨는 여전히 믿을 수 없다는 표정이었지만 이 세상에서 아직 수명을 다하지 않았기에 분명 붙잡는 힘이 작용했을 것이다.

아버지가 오연성폐렴 증상이 있어 예전 병원에서는 식사도 나오지 않는 상태였는데 의사로부터 마지막 준비를 하라는 얘기까지 들었다고 한다. "링거마저 놓을 수 없으니 이대로 계속 영양 섭취를 못 하게 되면 운명하시는 겁니다." 면회나 간병이 가능한 다른 병원으로 옮긴 이후에도 사정은 마찬가지였다. 하여 N씨는 병원 측에 허락을 구했다. "아버지가 식사를 하고 싶다고 하셔서 음식을 좀 마련해 가지고 오려는데 무슨 일이 생기면 제가 책임을 질 테니 드시게 해도 괜찮을까요?" 그러고서 매일 조금씩 음식을 드시게 했더니 놀랍게도 순식간에 건강을 회복해 마침내 퇴원을 하셨던 것.

"결과적으로 그로부터 2년 후 아버지는 돌아가셨지만, 직전까지 건강하게 말씀도 잘하시고 부녀지간에 정말로 충만한 한때를 보낼 수 있었죠. 만일 병원을 옮기기 전에 돌아가셨다면 정말로 후회막급이었을 거예요."

N씨가 말했고, 이 같은 심정은 세상을 떠난 아버지도 마찬가지였다.

"병실에서 딸이 가지고 온 음식을 먹으며 원 없이 좋은 시간을 보낼 수 있어 행복했다오." 아버지가 씽긋 웃으며 말씀하셨다.

다음 생에 다시 태어날 때까지
머무는 곳

자신의 인생을 돌아볼 수 있는 사람만이

세상을 떠난 사람은 사후 세계에서 무엇을 하고 있을까? 사후 세계라고 하면 슬픈 이미지를 떠올릴 수도 있겠지만, 나에게는 '다음 생에 다시 태어날 때까지 머무는 곳'으로 다가온다.

앞서 말했듯, 나에게 보이는 저세상에는 강이 있다. 세상을 떠난 사람들 대부분이 다시 태어나기를 기다리며 그 강가를 걷고 있는데 걷고 있는 사람들의 모습은 다양하다. 숨을 거두었던 당시의 모습으로 걷고 있거나, 생전에는 걷지 못했던 사람, 또 거동이 불편하여 자리보전만 하던 상태에서 세상을 떠난 사람이 건강하게 두 발로 걷고 있는 모습이 보이기도 한다.

'다음 생에 다시 태어날 때까지 머무는 곳'이란 세상을 떠난 사람에게 있어 그러니까 어떤 의미로, 미래를 향해 나아가기 위한 장소로서 새로운 출발점이기도 하다. 그렇게 받아들이면 소중한 사람의 죽음을 슬퍼하며 탄식하기보다 '그간 함께해주어 고마웠어, 그곳에서 부디 잘 지내기를⋯⋯' 하는 인사와 함께 웃는 얼굴로 보내주는 쪽이 더 타당하다는 생각이 들 수 있다.

그렇다면 사후 세계에서는 강가를 걸으며 무엇을 할까? 다름 아니라 지금까지 살아온 인생을 돌아보고 있다. 그리고 자신이 어떤 인생을 살아왔는지 돌아볼 수 있는 사람만이 앞으로 나아가는 것이 가능하다. 100년 동안 끊임없이 강가를 걷는 사람들의 속도와 그 시간차는 저마다 다르다. 100년이라는 그토록 오랜 시간이 걸리는 이유는 짧은 기간 내 다시 같은 시대를 타고나면 같은 학습만 반복할 수밖에 없기 때문이다.

세상을 떠난 사람의 발밑을 흐르는 강물을 들여다보면 사실, 하계(이승)의 풍경이 보인다. 그러니 우리가 세상을 떠난 사람의 이름을 부른다든지 성묘를 가거나 명절에 차례를 지내는 등 어떤 방식으로라도 정성을 기울이면 그 행동이 보이지 않는 에너지가 되어 가슴속의 소중한 사람에게 전달된다. 이름을 부르는 목소리라든가 그 기운에 힘입어 사후 세계에서 강가를 걷는 속도가 빨라지는 경우도 있다. 다시 말해 그 사람의 환생 시기 역시 앞당겨질 수 있다는 얘기다.

반대로, 세상을 떠난 사람이 지닌 영혼의 에너지가 우리를 지켜주는 경우도 있다. 눈앞에 존재하지는 않지만 평소 자주 말을 걸어본다든지 때마다 추모의 마음을 잊지 않는다면 정말로 힘들 때, 보이지 않는 세상으로부터 알게 모르게 큰 도움을 받는 일이 생긴다. 이승과 저승은 상호 간에 서로 영향을 미친다.

후회 없는 삶을 살았다고 말할 수 있으면

위와 같은 이야기를 하자 이렇게 묻는 사람이 있었다. "저는 자식이 없기 때문에 나이 들어 세상을 떠나게 되면 저를 그리며 생각해주는 사람이 아무도 없을 테니 외롭지 않을까요?" 하지만 저쪽 세상에는 외로움을 느끼는 사람이 한 명도 없다. 내가 본 사후 세계에서는 서로가 인사를 건네며 안부를 묻고 있었기 때문이다.

또한 앞서 말한 바와 같이 사후 세계란 다음 생에 다시 태어날 때까지 시간을 보내는 장소이기 때문에, 대부분은 혼자서 담담하게 끊임없이 강가를 걷고 있을 뿐 외로움을 느끼지는 않는 것 같다. 그보다 자녀가 있어도 돌아가신 부모님을 향해 마음 한번 내비치지 않는 쪽이 오히려 서운함을 느끼는 듯하다. 게다가 생전에 자녀들로부터 환대 받지 못했던 사람도 있는 걸 보면 무조건 '자식이 있어야 좋다'라고 단정할 수만도 없을 것 같다.

자녀가 있든 없든, 중요한 건 죽음 앞에서 '나는 이 세상에서 후회 없는 삶을 살았다'라고 자신 있게 말할 수 있는가 하는 문제다. 후회 없는 삶을 살았다면 바로 그러한 '자기 자신'이 '황천길의 선물'이 될 터이고 또 그것이 이후 100년간 강가를 걸을 때 발밑을 비출 등불이 되어줄 것이다.

이 세상을 함께 살아갈 수는 없지만 때때로 이름을 불러주고 말 걸어준다면 저 100년의 강가를 걷고 있는 우리의 소중한 사람에게까지 틀림없이 그 기운이 가닿을 것이다. 그렇지만 어쨌든 무엇보다 잊지 말아야 할 중요한 사실은 여기 남은 우리는 열정을 다해 주어진 삶을 살아가야 한다는 점이다.

사실 넌 혼자가 아니야

생의 마지막 장소에서 띄워 보내는 위로의 말

병이 아니라 사고로 세상을 떠난 사람의 가족은 죽음을 예상치 못한 상황이었기에 충격으로부터 헤어 나오기가 무척 어렵다. R씨의 형은 등산이 취미로 여러 산을 등반했는데 어느 날 산에서 사고로 세상을 떠나고 말았다.

R씨가 상담을 하러 왔을 때 한 남자가 절벽에서 떨어지는 모습이 보여 그 이야기를 전하자 상담자가 다음과 같은 사실을 알려주었다.

"맞아요. 형이 지인과 등산을 갔는데 암벽을 타다가 발이 미끄러져 굴러떨어지면서 목숨을 잃었어요."

다만 이승을 헤매지 않고 무사히 떠난 것으로 미루어 본인은 여한이 없는 듯해 보였다. "미련 없는 의연한 모습이네요. 산을 오르는 한 언젠가 그런 사고를 맞닥뜨릴 수도 있다는 걸 이미 각오하고 있었던 모양이에요. 후회는 없다고 하십니다." 이렇게 전하자 R씨가 안심한 표정으로 미소 띤 얼굴을 보이며 말했다.

"형은 경찰관이었어요. 지금 그 말, 그야말로 우리 형답네요."

하지만 형의 의연함과는 달리 어머니의 상심이 너무도 깊다는 것이었다. 어머니의 상태가 어떤지 묻자 상담자는 말을 다 잇지 못했다. "어머니는 아직 슬픔에서 헤어 나오지 못한 터라……."

1주기가 되어 가족 모두가 형이 마지막 순간을 보냈던 곳에 가서 추모식을 가질 예정이라고 했다. 그러자 형으로부터 동생에게 다음과 같은 메시지가 당도했다. "이 기회에 엄마도 기운을 차리셨으면 좋겠어." 세상을 떠난 바로 그 장소를 방문함으로써 어머니의 우울한 심경에 무언가 바람직한 변화가 생길 거라는 느낌이 들었다.

목숨을 잃은 사고 현장에 찾아가는 것은 남은 가족이 마음을 정리하기 위해서뿐 아니라, 사실 고인의 영혼을 구하는 차원에서도 중요하다. R씨의 형은 이승을 헤매는 일 없이 무사히 떠날 수 있었지만 예기치 않은 사고로 세상을 떠난 사람 가운데는 자신의 죽음을 미처 알아차리지 못해 영혼이 이승을 떠나지 못하고 그 장소에 그대로 머물며 끝없이 떠도는 경우도 있기 때문이다.

이승을 떠돌거나 헤매지 않고 떠난다는 건 스스로가 죽음을 인지하여 현세에 대한 미련을 끊고 뒤돌아보지 않는다는 각오를 다짐으로써 가능해진다. 그렇기에 자신의 죽음을 알아차리지 못한 영혼을 위해 가족이 그 마지막 장소를 찾아가 꽃다발로나마 위로하며 '네가 여기서 생을 마감하게 되었단다' 하고 가르쳐주는 것은 그야말로 큰 의미가 있다고 하겠다.

머나먼 외국 땅에서 세상을 떠났다 하더라도 가능하면 한 번쯤 그 장소에 방문해보는 것이 좋다. 사랑하는 가족이 직접 그곳에 가서 추모 의식을 행함으로써 이승을 떠돌던 영혼이 무사히 떠날 수 있는 기회를 얻게 되는 경우도 정말로 종종 있기 때문이다.

집착이나 미련을 남기지 말아야

죽음 뒤 이승을 떠나는 시점은 사람마다 다르다. 대부분이 숨을 거둠과 동시에 사후 세계로 떠나게 되지만 수년 동안 이승을 헤매는 사람도 적지 않다.

어느 상담자의 남편은 3년 전 돌아가셨다고 하는데, 보아하니 그분이 이승을 떠난 시점은 1년 전쯤이었다. 어째서 그 오랜 세월 동안 이승을 헤매었는지 남편에게 물었더니, 어떤 계기가 있기 전까진 죽음을 인식하지 못하고 있었다는 것이다. 어느 날 친척 장례식에 참석했는데 영정사진 속의 고인이 '너는 이미 죽었다'고 가르쳐주더라는 것. 그래서 그때 처음으로 자신이 이미 이 세상 사람이 아님을 알게 되었다고 한다. 망자는 이렇게 답했다. "어쩐지 가족에게 말을 걸어도 어느 누구 하나 반응해주지 않더라니…… 이상하다고 생각하고 있었는데 마침내 그 이유를 깨달았던 거죠."

이외에 상담자가 나를 찾아온 순간, 가족 중 고인이 된 누군가가 이승을 떠나지 못한 채 헤매고 있다는 사실을 바로 알아차릴 수 있었던 경우도 있다. 사고로 세상을 떠난 사람 말고도 스스로 목숨을 끊을 생각은 아니었는데 뜻하지 않게 생을 마감한 사람, 또는 밤에 잠자리에 든 채로 숨을 거둔 사람이라면 죽음을 자각하지 못해 자신이 이미 이 세상 사람이 아니라는 사실을 깨닫지 못하는 경우가 있다.

앞서 말했듯, 죽어서 육체는 사라졌어도 영혼은 남아 있기에 세상을 떠난 사람의 영혼은 계속해서 살아간다. 그런데 무사히 이승을 떠난 사람과 그렇지 못하고 이승을 떠도는 사람은 내게 보이는 방식도 다르고 목소리가 전달되어 오는 방식도 확연히 다르다.

이승을 떠도는 사람은 형체가 어렴풋해서 선명히 보이지 않고 목소리도 희미하니 잘 들리지 않는 경우가 많아 어렵지 않게 구분해낼 수 있다. 그렇기에 이승을 떠돌고 있는 영혼이 보이면 "이미 생을 마감하셨습니다." 하고 전해 자신의 죽음을 받아들이도록 돕는다. 이때 스스로가 죽음을 인정하는 순간 비로소 이승을 떠날 수 있게 된다.

하지만 개중에는 자신이 이미 이 세상 사람이 아니라는 사실을 알면서도 이승을 떠나지 못하고 헤매는 경우가 있다. '내가 죽다니, 그럴 리가 없어.' '나에겐 아직 해야 할 일이 남아 있어.' 등등을 이유로 이승에 미련이 남아 집착하는 사이 떠나는 시기를 자꾸만 놓쳐버리는 것이다.

그렇다면 어째서 이토록 미련을 떨치지 못하는 것일까.

사후 세계에 들어간다고 해서 일단 모든 것이 초기화되어 '준비, 시작!' 상태로 새로운 세계가 펼쳐지는 것은 아니다. 육체가 없는 상태일 뿐 사후 세계에서도 그 사람의 성격이나 사고방식은 살아생전과 똑같다. 이승에서의 기억 또한 거의 가지고 간다. 말하자면 생전의 인생과 잇닿아 있다고 하겠다. 다만 과거를 되돌아볼 때 후회나 미련이 남는 것이 있다고 하더라도 이승으로 되돌아와 다시 시도할 수 없을 뿐.

바로 그렇기 때문에 자신의 삶을 긍정적으로 평가해 죽음을 받아들이는 것이 중요하다. '최선을 다했지만 실패했다면 어쩔 수 없지.' '하고 싶은 게 아직 잔뜩 남았지만 그래도 충분히 훌륭한 인생이었어.' 이런 식으로 말이다. 바꿔 말하자면, 지금 이 세상을 살아가고 있는 우리 모두 '오늘도 최선을 다해 살았다'라고 여길 수 있는 하루하루를 보내는 태도가 중요하다는 얘기다.

저마다 주어진 시간은 한정되어 있다. 세상을 떠나는 순간 '아직 못다 한 일이 너무 많은데……' 하고 후회할 일 없는 충만한 삶을 살았다면 이승을 떠돌면서 괴로워하는 일은 없을지도 모르겠다.

뒤돌아보지 말고 앞을 향해 나아가기를

무사히 사후 세계로 건너가지 못하는 사람 가운데는 "사랑하는 사람과 가족을 두고 떠날 수 없다" 하여 이승에 머물며 한없이 떠도는 경우도 있다.

어느 상담자가 말했다. "반년 후 결혼식을 올릴 예정이었는데 약혼자가 갑자기 사고로 세상을 떠났어요. 그러고서 2년이 지나도록 여전히 마음 정리가 안 돼요."

타고난 수명이 거기까지이니 어쩔 수 없다 할지라도 사

랑하는 사람의 죽음을 받아들이기란 어려운 법이다.

상담자가 침통한 얼굴로 말했다. "이 세상에서 가장 사랑했던 사람의 죽음이 아직도 믿어지지 않아요. 그 사람이 없는 이 세상에 나 혼자 살아 있다는 게 괴로워요. 하루라도 빨리 그 사람 곁으로 가게 해달라고 매일 기도하고 있어요."

약혼자였던 남자를 불러내자 어느새 옆에 와 있다는 걸 알아차릴 수 있었는데, 아니나 다를까 계속 이승을 떠돌고 있는 상태였다. "사고로 이미 죽었다는 걸 알고는 있지만 그녀의 심정이 어떨지 생각하면 도저히 곁을 떠나지 못하겠어요." 남자가 내게 호소했다.

그런데 약혼자의 이 말을 전하자 상담자의 표정에 변화가 생겼다. 여태껏 끌어안고 있던 슬픔과 그리움이 상대에게 고스란히 전해졌음을 알고 마음이 조금 편안해졌는지도 모르겠다.

그런 그녀에게 약혼자가 말을 이었다. "혼자 남겨두어서 미안해. 지난 2년간 많이 힘들었겠지만 그 시간 동안 넌 나 없이도 살아갈 수 있는 연습을 해온 거야. 거기다 사실 넌 혼자가 아니야. 너를 소중히 여기는 가족과 친구들이 있잖아. 이제 뒤돌아보지 말고 앞을 향해 나아가도록 해. 너의 인생을 살아가기 바라. 내가 계속 응원하고 있을 테니까."

그 말을 들으면서 상담자가 굵은 눈물방울을 뚝뚝 떨어뜨리기에 내가 한마디 덧붙였다. "지금 들은 메시지의 답변으로 앞으로 어떻게 살아가고 싶은지 약혼자에게 말해주세요. 그러면 안심해서 더 이상 이승을 떠돌지 않고 무사히 저쪽 세상으로 갈 수 있습니다."

그러자 상담자가 다음과 같이 말했다. "너와 함께한 시간들 정말 행복했어. 너의 응원이 헛되지 않도록 이제 그만 슬픔에서 벗어나 다시 열심히 살아볼게. 마지막으로 이 말 꼭 전하고 싶어, 지금까지 정말로 고마웠어."

그러고는 나를 향해 인사말을 남기고 발길을 돌렸다. "이제 마음 정리가 좀 된 것 같아요."

연인이나 배우자를 잃었다든가 혹은 어린아이를 남겨두고 남편이나 아내가 먼저 세상을 떠났다든가 하는 상황을 맞닥뜨림으로써 슬픔과 고독 속에 '그렇게 떠나버리면 어떡하라고……' 하는 원망을 품은 채 살아가는 사람도 있을 터이다. 그런데 사실 그 때문에 이승을 떠나지 못하고 떠도는 영혼도 있다. "왜 죽었냐고 책망하는 것 같아 마음 편히 떠나지 못하고 이승을 헤매고 있어요." 하는 경우처럼.

지금 우리가 할 수 있는 최선은 사랑하는 사람의 죽음을 받아들이고 현실 생활에 복귀하는 것, 오늘을 열심히 살아가는 것뿐이다.

매일매일을 충실히 살아가다 보면 어느 순간 깨닫게 될 것이다. 자신이 해야 할 일은 소중한 사람의 죽음을 슬퍼하며 탄식하고만 있을 게 아니라 앞을 향해 나아가는 것임을. 또 그러다 보면 조금씩이나마 아픈 마음도 추스를 수 있게 된다.

가능하다면 고인의 사진을 보며 그날 하루 있었던 일을 소소하게 이야기해준다거나 하는 방법도 좋다. 마주 보고 이야기한다면 푸념만 늘어놓지는 않게 될 터이다. 앞에서 언급한 상담자처럼 당연히 상대를 안심시켜주고 싶을 테니까. 그 목소리는 세상을 떠난 사람에게도 전달된다. 그렇게 해서 남은 사람이 서서히 슬픔을 극복해나가면 상대방도 '이제 걱정 안 해도 되겠네.' 하고 안심해 더 이상 이승을 헤매지 않고 떠날 수 있다.

빛이 있는 곳과 빛이 닿지 않는 곳

그렇다면 스스로 목숨을 끊어 세상을 떠난 사람은 모두 이승을 떠돌며 헤매게 될까? 무거운 얘기가 되겠지만, 스스로 죽음을 선택한 데는 상상조차 할 수 없는 고통과 견딜 수 없을 만큼의 고욕, 그리고 자신을 벼랑 끝으로 몰아넣은 환경에 대한 원망 등 피치 못한 사정이 있을 것이다.

물론 어떤 이유에서든 스스로 목숨을 끊는 일이 있어서는 안 된다. 생명은 무엇보다 고귀한 것이다. 그러니 설령 어떤 고난이 닥치더라도 계속 살아가야 한다.

다만 세상을 떠난 사람으로부터 여러 가지 이야기를 들어보건대, 스스로 목숨을 끊은 사람들 전부가 반드시 후회하고 있는 것만은 아니다. 본인 의사로 생을 마감하는 것이 '최선이었다'라고 말하는 사람들 가운데는, 의외일지 모르겠지만, 스스로 죽음을 선택했으나 이승을 떠돌지 않고 무사히 떠나게 되는 경우도 있다.

스스로 목숨을 끊은 어느 여성의 사연을 접한 적이 있다. "필사적으로 몸부림치며 할 수 있는 데까지 다했어요. 하지만 더 이상은 어떻게 손을 쓸 수 있는 방법이 없었어요. 앞으로 더 목숨을 부지한들 살아 있는 것만으로 모두에게 폐만 끼치게 될 뿐이었죠." 얘기를 듣고 있는 것만으로도 괴로울 만큼 당시의 상황이 가혹하고 처절했다. 그 여성은 자신의 죽음을 받아들여 이승에 대한 미련을 떨쳐냈고, 또 그것이 가능했기에 이승을 헤매 다니는 일 없이 무사히 사후 세계로 떠날 수 있었다.

하지만 이승을 떠돌지 않았다고 하여 모두 천국에 갈 수 있는 것은 아니다. 사후 세계에는 천국과 지옥이 있어 이승을 떠난 사람은 둘 중 한 곳으로 가게 되어 있다. 천국이라 하면 삼도천(죽어서 저승으로 가는 길에 건넌다는 강)을 가로질러 넓은 꽃밭이 펼쳐지는 이미지를 떠올리는 사람도 있을 테고, 지옥이라 하면 염라대왕의 심판에 따라 바늘로 된 산(지옥에서 망자를 괴롭힌다는 산)을 걷는다 거나 여러 가지 고문과 시련을 겪는 이미지를 떠올리는 사람도 있을 터이다.

나에게 보이는 천국은 앞서도 언급했듯이, 끝없이 흐르는 강을 따라 망자가 다음 생에 다시 태어나기 위해 미래를 향하여 걷고 있는 광경이 펼쳐지는 곳이다. 간간이 연못이나 산이 있어 연못 주변을 달리는 사람, 산을 오르는 사람도 있다. 또 무언가를 열심히 쓰는 사람, 책을 읽고 있는 사람의 모습도 보인다. 모두가 빛에 둘러싸여 각자의 걸음걸이와 저마다의 속도로 걷고 있다.

한편 지옥은 사실 천국과 같은 장소에 있다. 다만 지옥에는 빛이 닿지 않는다. 지옥에서는 천국에 있는 사람을 바라보기만 할 수 있을 뿐, 그 어두운 곳에서 움직일 수조차 없다. 그곳에 있는 한 다시 태어나는 것도 불가능하다. 그곳은 할 수 있는 게 아무것도 없고, 미래도 희망도 보이지 않는 세계다.

하지만 그렇다고 해서 거기에 멈춰 영원히 움직일 수 없는 것도 아니다. 지금 자신이 처한 상황을 제대로 이해하고 다음 생을 위해 무엇을 소망할지 진심으로 숙고하면 저절로 빛이 닿는 장소에 가게 될 수도 있다.

바로 위에서 언급했던, 스스로 목숨을 끊은 그 여성분이 지금 천국에 있을지 지옥에 있을지는 잘 모르겠다. 하지만 설령 지옥에 갔다 하더라도 '다음 생에 다시 태어나고 싶다'라든가 '다음 생에는 이런 삶을 살고 싶다'라고 간절히 소망하면 자연히 빛이 있는 쪽으로 발걸음이 닿게 될 것이다.

내게 와줘서 고마웠어

부모 자식 간의 만남은 결코 우연이 아니다

태어나기 전 엄마 배 속에서 생을 마감한 아기에 대해서는 대체로 이야기를 꺼내기 힘들어한다. 엄마가 되기 위해 그토록 고대하고 심혈을 기울였는데 아이를 한 번도 품에 안아보지 못하고 떠나보낸 데 대한 슬픔과 무사히 태어나게 해주지 못한 데 대한 미안함으로 이루 말할 수 없는 심경일 테니까.

하지만 비록 이 세상에 태어나지 못하고 생을 마감했을지라도 아이는 안타까워하는 그 마음을 잘 알고 있을 뿐만 아니라, 아이가 짧은 시간 동안이나마 엄마 배 속에 머물렸던 데는 나름의 역할을 하고자 했던 이유가 있었기 때문이기도 하다. 이를테면 부부 관계가 좋지 못했던 두 사람 사이를 회복시키기 위해 아이가 일부러 찾아와주었다거나 하는 일도 있으니까. 이때 배 속의 아이가 남편으로 하여금 아내를 정성스럽게 보살피도록 해주는 역할을 하는 것이다. 그렇기 때문에 아이의 죽음은 결코 엄마의 잘못도 아닐뿐더러 아이가 잠시나마 엄마의 배 속에 머물다 간 그 시간도 의미 있었다고 할 수 있겠다.

그러니 "내게 와줘서 고마웠어."라는 말로써 기억해주고 감사의 마음을 잘 전달하면 된다. 그처럼 일찍 생을 마감한 아기는 다시 태어나는 데 100년이 걸리는 것이 아니라 짧은 기간에 다시 생명을 부여받는 경우도 있다.

드문 경우이긴 하지만, 그렇게 금방 다시 찾아온 아기의 영혼이 재차 같은 엄마의 배 속에 머무는 일도 있다. K씨가 바로 그런 경우였다. 친구와 함께 처음으로 나를 찾아왔을 때 K씨는 아직 독신이었는데 배 속에 아기의 영혼이 머물고 있는 게 보여서 그대로 이야기를 전했다. "배 속에 당신의 아이가 될 영혼이 기다리고 있습니다. 만일 결혼을 염두에 두고 있는 사람이 있다면 진지하게 생각해보는 쪽이 좋겠습니다."

이후 K씨는 당시 사귀고 있던 남자와 곧 결혼했고, 그 전에 임신한 사실을 알았다고 한다. 그런데 다음번 찾아왔을 때 K씨에게서 이 같은 말을 들었다. "사실은 유산했어요." 그 아이는 어쩌면 결혼을 결정하지 못하고 망설이던 두 사람에게 용기를 주기 위해 짧은 기간 K씨의 배 속에 머물다가 제 역할을 다하고 먼 길을 떠난 것인지 모른다.

하지만 신기하게도 다시 똑같은 영혼이 K씨의 배 속에서 유영하고 있는 모습이 보였다. "어머. 이전에 봤던 바로 그 아이예요. K씨와 가족이 되고 싶어서 기다리고 있나 봅니다."

K씨는 막 유산을 했던 터라 그때는 내 말을 반신반의하며 들었다고 하는데 얼마 후 다음과 같은 소식을 전해왔다. "그때 이후로 반년이 지나고서 다시 아이를 가졌어요! 너무 행복해요."

같은 영혼이 같은 엄마의 배 속에 머문다는 건 꽤 드문 일이지만 실제로 그러한 사례가 없지 않다.

사후 세계에서는 끝없이 긴 강가를 걷는다고 했다. 그러다 마침내 이 세상에 다시 태어나는 순서가 오면 다음 생을 위한 준비를 시작한다. '새로운 인생은 이런 경험을 하고 싶다' 혹은 '이런 걸 배우고 싶다' 하는 테마를 정해 그에 걸맞은 가정환경이나 부모를 선택해 태어난다. 하지만 성인이 되어가면서 대부분 그 기억을 놓쳐버리고 마는데, 우리 역시 그러한 순환 속에서 이 세상에 태어났다. 부모 자식 간의 만남은 결코 우연이 아니다.

신기한 '꿈, 소리, 향기'는
세상을 떠난 사람으로부터의 메시지

세상을 떠난 사람으로부터 메시지를 받는다면……
곰곰 생각하고 상상해본다면,
눈에 보이지는 않지만 내 소중한 사람이 가까이 있다는 사인을
어디에서라도 쉽게 발견할 수 있을지 모르겠다.

열

꿈속에서 당부하고 싶었던 말

그만하면 충분하니 너무 애쓰지 않아도 괜찮아

사람이 죽으면 육체는 사라져도 영혼은 여전히 살아 있다. 그리고 이 세상에 남겨두고 온 소중한 사람에게 반드시 전해야 할 메시지가 있다면 어떻게 해서든 가닿게 하려고 애쓴다. 그 한 가지 방법이 꿈에 나타나는 것이다.

J씨는 어머니가 돌아가시고 20년 가까이 지났지만 지금도 종종 엄마 꿈을 꾼다고 한다. 대체로 J씨가 친정집에 가면 엄마가 그저 말없이 소파에 앉아 있는 꿈이다. 그렇다 하더라도 세상을 떠난 사람을 그리워하며 '꿈이라도 좋으니 꼭 한 번만이라도 만나고 싶다'고 간절히 바라는

사람에게는 조금 부러운 얘기다.

그런데 J씨의 경우 어떤 때는 일주일에 세 번도 엄마가 꿈에 나타난다고 했다. 보통은 J씨가 친정집으로 기억되는 장소에 엄마를 만나러 가는 패턴이었으나 언제부터인지 엄마 쪽에서 J씨를 찾아오는 꿈으로 바뀌었다고. 그 거리도 꿈을 꿀 때마다 점점 가까워져서 현재 J씨가 살고 있는 아파트를 찾아온 엄마가 어느 날은 복도에 서 계시는가 싶더니 또 다음번 꿈에서는 침실로 들어와 이불을 통통 두드리더라는 것이었다. 그러면서 자고 있는 J씨의 귀에 대고 속삭이기까지 했다. "일어나렴." 꿈에서 엄마가 말을 걸어온 것은 그때가 처음으로, J씨는 잠을 깬 이후에도 그 장면이 머릿속에서 떠나질 않았다고 한다.

"엄마가 제게 무언가 전하고 싶은 말이 있었던 걸까요?" 그렇게 묻는 J씨의 옆에는 조금 전부터 어머니가 다가와 앉아 계셨다.

"엄마로서 딸에게 해줄 수 있는 걸 했을 뿐이라고 하시네요. 그 꿈을 꾸었을 당시 마음속에 상처가 있었다든가 하는 기억이 없나요?"

이렇게 묻자 짚이는 데가 있다는 표정으로 J씨가 말했다. "제 능력으로는 도저히 감당할 수 없는 일에 휘둘려서 며칠 밤잠도 제대로 못 자고 정신적으로 괴로웠던 것 같아요."

66

그러자 어머니께서 말씀하셨다. "애가 남들한테 치이는 성격이다 보니……." J씨는 오히려 의사 표현이 강해 '예스' 아니면 '노'를 확실히 말하는 타입 같아 보이는데 어머니에게는 그렇게 여겨지지 않는 모양이었다.

"착한 얼굴로 이래도 좋다, 저래도 좋다, 지나치게 다 떠맡으려고 하니 이러다가는 몸보다 마음이 먼저 상할까 걱정이에요." 어머니는 다시 이렇게 말씀하시고 한마디 덧붙였다. "그렇게 되기 전에 다잡아주려고 왔어요. 그만하면 충분하다고 말해주고 싶어서."

어머니의 이야기를 전하자 J씨가 쓴웃음을 지으며 말했다. "그랬군요. 혹시나 제 신변에 안 좋은 일이 생긴다거나 생명이 위태롭다거나 뭐 그런 신호를 주려던 게 아니었나 걱정했는데 오히려 마음이 놓이네요." 하지만 딸을 걱정하는 부모의 마음만큼은 제대로 전달된 것 같았다.

"또 같은 일이 일어날 듯싶으면 어머니께서 다시 찾아올 거라고 하십니다." 이 메시지를 전하자 J씨는 환한 얼굴을 보였다.

J씨는 꿈속에서 또다시 엄마를 만날지도 모른다는 생각으로 그저 반갑고 기쁘기만 했던 동시에 엄마가 자신을 지켜봐주고 있음을 알고 무척 흐뭇했을 터이다. 다만 J씨가 돌아갈 때 나는 이렇게 당부했다. "그래도 진짜로는 어머니가 다시 오시도록 하면 안 돼요. 중요한 건 어머니가

걱정할 만한 상황을 만들지 않는 겁니다."

그 말에 J씨도 수긍하며 의지를 다지고 돌아갔다. "그렇긴 하네요. 앞으로 몸도 마음도 무리하지 않도록 주의해야겠어요."

그렇다고 꿈이 전부 사후 세계로부터의 메시지라는 얘기는 아니다. 하지만 J씨처럼 꿈을 통해 고인으로부터 메시지를 전달받는 사람 또한 많이 있다. 세상을 떠난 사람이 꿈에 나타나서 의미심장한 말을 한다든지, 가볍게 쓰다듬는다든지, 또는 평소와 달리 꿈이 너무 생생하게 느껴진다거나, 잠에서 깨 눈을 떴는데도 감정이 복받쳐 오른다거나 하는 일이 있다면 대개가 틀림없이 보이지 않는 세계에서 무언가 메시지를 전달하려고 하는 것이다.

그런 때는, 꿈속의 그 사람이 실제로 내 곁에 있다면 과연 지금의 나를 보고 어떤 생각을 할까? 무슨 말을 해주고 싶을까? 이런 식으로 되짚어보기 바란다. 바로 거기에 무언가 힌트가 있을지도 모른다.

스스로 고민해서 길을 찾아내기 바라는 마음

돌아가신 아버지와 드라이브하는 꿈을 반복해서 꾸었다고 하는 O씨의 이야기다.

O씨의 아버지는 생전에 자동차도 좋아하고 운전도 좋아하셨는데 특히 산길 달리는 것을 좋아하셨다. 그런 아버지와 꿈속이나마 드라이브를 할 수 있었기에, 현실에서는 만날 수 없는 아버지와 새로운 추억을 쌓고 있는 것 같아 행복했다고.

"드라이브하는 곳의 경치는 매번 똑같아요. 잔설이 있는 험한 산길을 꽤 빠른 속도로 그냥 달리기만 하는 꿈이죠. 이 꿈에 뭔가 의미가 있는 것만 같아서…… 아버지는 당신이 좋아하는 장소에 저를 데리고 가는 것으로 딸을 응원하고 계신 걸까요?"

그러자 아버지가 나타나서 고개를 좌우로 흔들었다.

"그건 아닌 것 같아요. 아버님께서 당부하고 싶은 말은 따로 있는 듯합니다. 딸이 좀 더 당당하게 하고 싶은 것을 하며 살았으면 좋겠다고 하시네요. 그리고 힘들지 모르겠지만 지금보다 목표를 높게 잡으라고 말씀하십니다. 그런데 실제로 O씨는 무슨 일을 하고 싶으신가요?"

메시지를 전달하고 있는 와중에도 아버님께서 계속 나를 부추기는 것이었다. "좀 더 얘기해봐요!" 어떻게 해서든 딸을 격려해주고자 꿈에 나타나 몇 번이고 험한 길을 달리는 모습을 보여주었다 하시며 조바심을 내었다.

아버님은 매우 감정이 풍부하신 분으로, 더욱이 이렇게 말씀하셨다. "나는 죽는 날까지 숱한 도전을 해오면서 충실한 인생을 살았는데 딸아이는 왜 그런 점을 안 닮았을까요?" 그러면서 슬픈 표정으로 또 몇 번이고 반복해 말씀하셨다. "진정으로 하고 싶은 일을 한다면 얼마든지 지원해줄 텐데."

O씨에 따르면, 아버지는 은퇴하시고 난 뒤로도 친구분들과 사업을 시작하려고 특허를 신청하는 등 꿈을 향해 나아가기 위해 부지런히 활동하셨는데 그러던 중 병으로 쓰러지셨다. 아버지는 분명 딸이 현재 상태에 만족하지 않고 커다란 목표를 가지고 살아가기 바랐을 텐데, 그 마음을 못다 전한 채 세상을 떠나고 말았던 것이다.

이런 이야기를 하면 '어째서 꿈속에서는 하고 싶은 말을 명확하게 전하지 못하는 걸까?' 의아해할지도 모르겠다. 하지만 세상을 떠난 사람이 전하고자 하는 메시지를 말로써 표현하지 않는 데는 별다른 이유가 있는 게 아니다. '스스로 고민해서 길을 찾아내기 바란다'는 뜻이 담겨 있을 뿐이다. 실제로 부모님 살아생전의 충고와 조언을 충실히 따라 행동에 옮겼다는 사람은 극히 드물지 않던가.

O씨의 경우를 들자면 본인 스스로가 이렇게 말했다. "그러고 보니 아버지는 로맨티스트였네요. '너도 좋아하는 일을 찾아서 원 없이 해보렴.' 하고 얘기해주고 싶었나 봐요." 이처럼 자신의 성격에 비추어 의미를 되새겨보는 것도 꿈을 유추하는 한 가지 좋은 방법이다.

또한 꿈을 꾼 이후 우연히 펼친 잡지라든가 관람한 영화 혹은 때마침 켠 텔레비전에서 눈과 귀를 사로잡는 메시지를 접하게 됨으로써 무언가 힌트를 얻을 수 있을지도 모른다. 그런 것들이 곧 세상을 떠난 소중한 사람으로부터의 메시지라고 충분히 생각해볼 수 있다. 사실 그렇게 해서 고인의 마음을 읽을 수 있게 되면 이후로는 같은 꿈을 꾸는 일이 없어진다. 그 순간이 바로, 세상을 떠난 사람이 전하고자 하는 메시지를 올바로 알아차렸을 때이다.

O씨의 경우 내가 꿈을 해석해버렸기 때문에 이제 같은 꿈을 꾸지는 않을 것이다. 하지만 그 아버님의 성품으로 보건대 무언가 또 전하고 싶은 말이 생긴다면 몇 번이고, 몇 년이 지나서라도 다시 딸의 꿈속에 등장할지 모른다.

"앞으로 또다시 아무래도 신경이 쓰인다 싶은 꿈을 꾸게 된다면 그 내용을 종이에 적어 그 꿈이 무슨 의미일지 나름대로 궁리해보세요." 나는 O씨에게 이렇게 전했다.

여러분도 무언가 계속 뇌리를 맴도는 꿈을 꾼다면 재빨리 메모해두었다가 짚이는 데가 없는지 곰곰 생각해보기 바란다. 분명 그 순간의 자신에게 필요한 힌트를 얻게 될 것이다.

곁에 있다는 신호

마음을 전하고자 하는 사인일지 모른다

세상을 떠난 사람이 메시지를 전하는 방법으로는 꿈속에 나타나는 것 말고도 '심령현상'이라고 말할 수 있는 것이 있다.

A씨는 어머니가 돌아가시고 1년 뒤 아버지가 병환으로 입원하여 병문안차 고향을 찾았다. 아무도 없는 친정집에 도착해 거실 바닥에 짐을 내려놓는 순간, 집 안 어딘가에서 커다랗게 사람 목소리가 들려와 누가 왔나 싶어 현관 쪽으로 가보았다고 한다. 그런데 사실 그 난데없는 소리의 출처는 냉장고 위에 있던 라디오였다.

'키 큰 냉장고라 위에 라디오가 놓여 있는지조차 몰랐는데 어떻게 저기서 갑자기 소리가 난 거지?' 의아하기도 하고 두렵기도 했던 나머지 A씨는 라디오 전선을 뽑아버렸다고 한다. 그 밖에도 한밤중 전화벨이 한 번 울리고 끊어지거나 하는 일이 잦아 친정집에서는 아예 전화선도 뽑아놓았다고.

이 이야기만 들으면 분명 괴이한 현상이긴 하다. 하지만 이 모두는 '내가 여기 함께 있단다.' 하는 어머니로부터의 사인이었다. A씨의 돌아가신 어머니가 말하길, 애써 멀리 동경에서 와준 딸이 혼자 쓸쓸하지 않게 '엄마도 함께 있으니 아무 걱정 하지 말렴.' 하는 뜻을 전하고 싶어 라디오 소리가 나게 하거나 전화벨이 울리게 했다는 것이다.

어머니로부터의 메시지를 전하자 A씨는 쓴웃음을 지으며 말했다. "그랬군요. 그러고 보니 엄마가 동경에 와서 아버지한테 전화를 걸 때는 벨이 한 번 울리고 끊는 것으로 '나예요'란 신호를 보낸 뒤 다시 전화를 걸곤 했어요. 그래도 라디오가 갑자기 켜진다거나 한밤중에 전화벨이 울리는 건 정말 무서웠어요."

A씨의 기분은 충분히 이해한다. 하지만 두려운 게 당연할지 몰라도 그런 기이한 현상이 일어났을 때는 그것이 세상을 떠난 사람이 온 힘을 다해 무언가 메시지를 전달하고자 하는 의지일 수 있기에 '어떤 사인일지도 모른다'

고 생각하는 쪽이 좋은 경우도 있다.

A씨는 그 이후 더욱이 신기한 체험을 했다고 한다. 아버지 문병을 위해 고향에 와서 병원 근처의 시티 호텔에 묵었을 때다. 프런트에서 성을 말하자 직원이 "○○○ 씨, 두 분이시군요." 하고 돌아가신 엄마의 풀 네임을 언급하더라는 것이었다.

'분명히 내 이름으로 예약했고 엄마는 이 호텔에 묵은 적도 없는데 이상하네.' 하고 생각하며 A씨는 이름이 달라 취소되면 번거로울 거 같아서 얼른 대답하고 룸 키를 받았다. "네. 그런데 두 명이 아니고 한 명인데요." A씨는 혼자라도 방이 넓은 게 좋아서 언제나 트윈 베드룸을 예약하는 습관이 있었던 터다.

키를 받은 A씨는 엘리베이터를 향해 걸어가다가 아무래도 확인해보고 싶다는 충동에 사로잡혔다. 그래서 다시 프런트 쪽으로 되돌아가 직원에게 물었다. "아까 ○○○ 씨라고 말씀하셨는데, 사실 제 이름은 △△△입니다. 제가 ○○○라는 이름으로 예약을 했던가요?" 그랬더니 프런트 직원이 의아하단 태도로 답하더라는 것이다. "네, △△△ 씨 맞습니다." 하면서 이번에는 분명히 A씨의 이름을 말했다고.

왜 자꾸 이런 일이 일어나는 건지, A씨는 당황스러웠으나 사실 이때도 돌아가신 어머니가 신호를 보낸 것이었다. 어머니 말씀에 따르면 '엄마가 네 곁에 있다'라는 뜻을 전하기 위해 호텔 룸의 예약명을 일시적으로 바꾸었다고 한다. 딸을 향해서는 또 이렇게 말씀하셨다. "엄마 이름으로 예약하면 너도 분명 알아차릴 거라고 생각했지."

어떻게 그런 일이 가능할까 생각할지 모르겠으나, 세상을 떠난 사람들 모두가 그런 능력을 가지고 있는 것은 아니어도 이처럼 불가사의한 현상이 일어나는 경우가 실제로 간혹 있다. 프런트 직원의 컴퓨터 화면 문자가 바뀐다거나 하는 정도는 쉽게 일어날 수 있는 일이기도 하다.

이에 대해 '있을 수 없는 일이다'라고 생각하는 사람이 있는가 하면, '세상을 떠난 이후에도 날 지켜봐주고 있구나'라고 생각하는 사람도 있을 텐데, 저마다 받아들이는 방식이야 다르겠지만 '지켜봐주고 있구나'라고 믿는 쪽에 불가사의한 힘이 발휘되기 쉽다. 세상을 떠난 사람은 때로는 우리가 놀랄 만큼의 '마법'을 쓴다.

마법처럼 전해지는 향기는
옆에서 항상 지켜주고 있다는 신호

그 밖에도 '형광등이 갑자기 깜박거린다'든지 '바람 한점 없는 쾌청한 날씨인데 문짝이 흔들린다'든지 '아무것도 없는 곳에서 향내가 난다'든지 하는 심령현상이 있다. 때때로 이러한 현상은 곧, 세상을 떠난 사람이 '내가 곁에 있다'라고 신호를 보내는 경우일 수도 있다. 그러니 너무 두려워할 필요는 없다.

어느 상담자의 얘기인데, 한밤중에 문득 눈을 뜨자 흑당 향이 났다고 한다. 침실에 과자 같은 단 음식을 놓아둔 것도 아니었던 터라 '이상하다' 생각하며 침대에서 일어나 한 번 더 냄새를 맡아보았다. 분명 흑당 향이었다.

"이런 경험은 처음인데 혹시 돌아가신 아버지가 '꽈배기가 먹고 싶다'는 메시지를 보낸 게 아닐까 생각하고 다음 날 사가지고 와서 상에 올렸어요. 아버지가 꽈배기를 좋아하셨거든요. 그게 맞았던 걸까요?" 상담자가 물었다.

아무것도 없는 장소에서 향이 느껴지는 현상 자체가 불가사의한 일이다. 이를 '이상하다' 생각하는 데만 그치지 않고 '세상을 떠난 사람으로부터의 메시지'라고 여긴 태도는 옳았다고 본다. 다만 실제로 그분의 아버지는 꽈배기가 먹고 싶었다기보다 궁극적으로 '내가 옆에서 항상 널 지켜주고 있다'라고 하는 메시지를 전하고자 했던 것이다. 그리고 마침내 마법처럼 향기를 전함으로써 그 소망을 이룰 수 있었다.

또한 이와 같은 심령현상 가운데는 매우 드물게 '괴기현상'으로 나타나 실물에 영향을 미치는 경우도 있다. 또 다른 상담자의 이야기인데, 돌아가신 아버지가 애용하던 자명종 시계를 집에 가지고 가서 자신이 사용했다고 한다. 그런데 반년 정도 지났을 무렵 그 시계가 한밤중에 갑자기 딸가닥딸가닥─ 그야말로 기세등등하게 아주 큰 소리를 내며 회전하기 시작했다는 것이다. 하여 두려움에 떨며 서둘러 자명종 시계의 건전지를 빼버렸다고.

"보통 시계는 큰 소리를 내면서 빠르게 회전하거나 그렇지 않잖아요. 그것도 한밤중에…… 이거, 괴기현상일까요?"

"심령의 소행이네요." 상담자의 물음에 나는 이렇게 답했다. "그러니 너무 두려워할 필요는 없습니다만 기력이 쇠한 상태라면 좋지 않은 심령을 불러내기 쉬운 사람이 있습니다. 그 같은 일이 생기기 전후로 별일 없었나요? 그날 특히 안 좋은 일이 있었다거나 무척 피곤했다든가."

"특별히 짚이는 데는 없는데요." 상담자가 힘없이 답했다. 내가 보기에 상담자는 다분히 령을 불러들이기 쉬운 체질 같았다.

더욱이 상담자는 또 이렇게 말했다. "사후 세계가 있다고 어렴풋이 상상은 해보지만 어쩐지 믿을 수 없는 기분이 들기도 해요." 이런 사람에게는 형체가 있는 물건을 통해서 접근하는 방법이 효과적이기 때문에, 고인이 '내가 곁에 있다'라는 신호를 보내고 싶을 때 어떠한 의미라도 담긴 물건을 이용해 주의를 환기시키는 경우가 종종 있다.

반대로, 사후 세계를 순수하게 믿는 사람이라면 실물을 이용하지 않고서라도 꿈에 나타나는 것만으로 충분할지 모르겠다. 뿐만 아니라 냄새에 민감한 사람한테는 향기로 사인을 보내고, 소리에 민감한 사람한테는 소리를 들려주고, 시각적으로 민감한 사람한테는 반짝이는 물건을 보인다든가 하는 식으로, 메시지를 전하고자 하는 상대의 유형에 따라 접근법은 달라질 수 있다.

세상을 떠난 사람으로부터 메시지를 받는다면…… 곰곰 생각하고 상상해본다면, 눈에 보이지는 않지만 내 소중한 사람이 가까이 있다는 사인을 어디에서라도 쉽게 발견할 수 있을지 모르겠다.

갑자기 흘러내리는 눈물,
거기에도 다 까닭이 있다

이외에 '슬프지 않은데도 간혹 갑자기 눈물이 흐른다'거나 '그저 신문을 읽고 있었을 뿐인데 문득 고인의 얼굴이 떠올라 울음이 터졌다' 하는 경우가 있다. 감수성이 예민한 사람에게 자주 일어나는 현상일 수 있겠으나 이 또한 세상을 떠난 사람이 옆에 와 있다는 사인이다.

그뿐만이 아니다. 벚꽃의 계절, 공원을 걸으며 '그러고 보니 함께 벚꽃 구경을 오곤 했는데' 하는 생각으로 추억에 잠겨 저절로 눈물이 흘러나온다든가, 음악을 듣고 있는데 문득 고인에 대한 기억이 떠올라 눈물이 쏟아져 내린다거나 하는 일도 있을 것이다.

그런 추억의 순간들, 자기도 모르게 눈물이 흘러나오는 이유가 반드시 고인이 곁에 다가와 있기 때문이라고 단정할 수는 없지만 "그때 이런 일이 있었지." 하는 말 한마디만으로도 그 목소리가 보이지 않는 세계에 닿아 그리운 사람이 찾아와주는 일이 생기기도 한다.

갑자기 울고 싶어질 때는 실컷 울어버리는 게 낫다. 자연히 그칠 때까지 눈물을 쏟아냄으로써 불안정한 자신을 둘러싸는 에너지가 다시 균형을 이루어 본래의 자신으로 돌아오기 쉬워지기 때문이다. 일상의 스트레스라든가 인간관계 등의 영향으로 기가 약해져 있거나 마음이 무겁고 우울할 때, 눈물을 흘리면 오히려 기분이 산뜻해져서 마음 또한 가볍고 말끔하게 정화된다.

더 이상 슬퍼하지 않기를

커피를 마시러 오는 언니의 속마음

B씨는 세상을 떠난 언니를 기리며 매일 아침 원두를 직접 갈아서 내린 커피를 따로 한잔 마련해둔다. 사이가 매우 좋았던 두 자매는 종종 함께 카페에 가서 몇 시간이고 수다를 떨곤 했었다. 언니가 세상을 떠나자 커피를 좋아했던 언니를 추억하며 뭐라도 해주고 싶어서 B씨는 그렇게 매일 아침 언니의 커피잔을 채워놓았다.

그러던 어느 날 언니의 잔에 따라놓았던 커피 양이 줄어들어 있는 것을 발견하게 된 B씨는 무척이나 기뻐 소리쳤다. "언니, 와주었구나!" 그 이후로도 매일 아침 언니의 잔에 커피를 채워놓은 뒤 외출해서 일을 보고 돌아오면 커피 양이 줄어들어 있는 날이 계속되었다고 한다. 그러다 마침내 언니와 한 번만이라도 좋으니 이야기 나누고 싶다며 나를 찾아왔던 것이다.

"분명 언니분께서 매일 아침 커피를 마시러 오셨네요. 다만 언니분께서 달리 하고 싶은 말이 있어 일부러 그런 현상을 일으켰나 봅니다." 하지만 언니 쪽에서 들려오는 목소리가 너무 약해 말이 띄엄띄엄 중단된 상태로밖에 전달되지 않는 것이었다. B씨의 언니가 편안히 사후 세계로 떠나지 못한 채 이승을 떠돌고 있다는 걸 곧바로 알아챌 수 있었다.

"언니분께서 '유골'이라고 말씀하시는데, 혹시 집 안에 유골을 간직하고 있나요?"

물음에 B씨가 답했다. "네. 아주 조금요. 너무나 사랑했던 언니와 늘 함께하고 싶어서 제가 간직하고 있어요."

B씨의 언니는 바로 그 때문에 심령현상을 일으켰던 것이다. 그러지 말라는 뜻을 전하고 싶어서. "이승을 떠돌며 헤매고 싶지 않은데 유골을 계속 집 안에 두니 거기에 갇혀 움직일 수가 없어요. 그러니 하루빨리 봉안해달라고 동생에게 좀 전해주세요." 언니분이 내게 청했다.

이런 경우가 사실 적지 않다. 죽음 뒤 설령 아주 적은 일부라도 자신의 유골이 집 안에 남아 있는 것을 좋아하는 사람은 기본적으로 없다. 고인을 기리고자 하는 마음은 이해하지만 유골은 세상을 떠난 사람이 가진 육체의 일부다. 그것이 이 세상을 살아가는 사람의 눈앞에 머물게 되면 고인은 무사히 이승을 떠나지 못한 채 발이 묶여버리고 만다.

이런 경우는 반려동물에 있어서도 마찬가지다. 주인이 유골을 놓아주지 않는 탓으로 몇 년이 지나도록 이승을 떠돌며 헤매는 동물 영혼이 종종 있다.

B씨의 언니는 또한 이렇게 말했다. "유골이 집 안에 있는 것으로 인해 저뿐만 아니라 동생의 마음도 과거에서 벗어나지 못하고 예전 상태로 머물러 있어요. 앞으로 동생이 언니를 생각하면서 슬퍼하는 인생이 아니라 스스로의 행복한 삶을 살아갔으면 좋겠어요."

"동생을 생각하는 마음이 깊은, 참 좋은 언니네요."

이야기를 다 전해 듣고 B씨는 끝내 울음을 터뜨리고 말았다. "잘 알겠어요. 당장 봉안하도록 할게요." B씨가 언니에게 약속했다.

이로써 분명 B씨의 언니는 무사히 이승을 떠나 저쪽 세상의 강가에서 다음 생에 다시 태어날 그 날을 위해 발걸음을 내디딜 수 있게 될 터이다.

소중한 사람을 잃고 그 작은 일부라도 꼭 간직하고 싶다고 한다면 고인의 사진을 곁에 두라고 권하고 싶다. 사진을 보고 있으면 같은 얼굴인데도 그날그날 상황에 따라 어떤 날은 웃고 있는 듯 보였다가 또 어떤 날은 걱정 어린 얼굴로 보이기도 할 것이다. 그게 바로 세상을 떠난 사람으로부터 전달되는 메시지이다.

소중한 사람을 잃은 직후에는 "사진을 보기만 해도 눈물이 흘러 괴롭다"고 말하는 사람이 많지만, 사진을 향해 미소 지어 보인다든지 "오늘은 이런 일이 있었어." 하고 이런저런 이야기를 건네며 말 걸어주면 고인은 틀림없이 기뻐할 것이다. 그렇게 해서 서로를 추억하는 일은 세상을 떠난 이후에도 가능하다.

사후 세계는
이 세상 삶의 연속

"살다 보면 분명 힘든 일도 겪게 된다.
하지만 삶의 고통은 어느 순간 행복으로 바뀌기도 한다.
힘들다는 건 살아 있다는 증거로,
고통의 순간을 잘 견뎌내면 반드시 찾아올 기쁨이 있기 때문이다."

열셋

만나고자 하는 의지가 강하면 만날 수 있다

고마워 그리고 미안해

100인이면 100가지의 삶이 있는 것처럼 사후 세계에서 살아가는 모습 또한 각양각색이다.

T씨가 "돌아가신 부모님과 이야기 나누고 싶다"고 방문했을 때 부부가 나란히 모습을 드러내는 걸 보고 조금 놀랐다. 어쨌든 T씨의 부모님은 사후 세계에서도 함께 지내고 계신 모양이었다. 두 분은 말년에 서로 팔짱을 끼고 산책을 즐기거나 종종 함께 온천 여행을 다닐 정도로 금실이 좋았다고 한다.

"세상을 떠난 이후에 함께하는 부부는 드문데 말이죠.

두 분께서는 저쪽 세상에서도 사이좋게 지내고 계시네요. 아버님 쪽에서 먼저 세상을 떠난 어머니를 찾아가 사과하고 용서를 구했다고 말씀하시는데, 무슨 사정이 있었나 보군요?"

T씨에 따르면, 아버지는 원래 일밖에 모르는 사람으로 "집안일은 당신이 알아서 하라" 맡긴 채 가사며 육아며 일체 나 몰라라 했다고 한다. 참다못한 어머니는 한계에 달해 자식들을 데리고 시골 고향 집으로 내려갈 생각까지 한 적도 있다고. 그런데 아버지가 회사를 정년퇴직하면서부터 태도가 확 바뀌어 당신이 직접 요리라든가 청소를 하는 등 어머니와 착 붙어 지내게 되었다고 한다. 어머니가 아버지를 받아들이게 된 데는 그런 곡절이 있었다.

"어머니가 돌아가신 후 아버지도 그 뒤를 따르듯 세상을 떠나셨어요. 그 정도로 아버지에게는 어머니의 죽음이 충격이었던 거죠. 저쪽 세상에서도 어떻게 해서든 함께하고 싶다는 간절한 마음으로 다시 한번 사과했는지 모르겠습니다. 자식들이 어릴 때 가족을 돌보지 못한 것에 대해서요. 아버지는 아무튼 의지가 강한 사람이었으니까요." T씨가 말했다.

그렇다고 하더라도 사후 세계에서 여전히 함께하는 부부는 거의 없다. 대부분은 혼자서 강가를 걷는다. 배우자 가운데 어느 한쪽이 먼저 세상을 떠나면 나중에 뒤따라오는 배우자의 길잡이가 되어주기 위해 먼저 간 사람이 마중 오는 일은 있어도 그 이후는 다음 생을 향해 각자의 길을 걸어갈 뿐이다.

부부가 사후 세계에서 재회했다고 하더라도 각자의 길을 따로 걷는 이유는 모르긴 해도 분명 현세에서의 관계가 크게 작용하기 때문이 아닐까 생각한다. 상호 간에 '부부의 연은 한 번으로 족하다' 하는 경우도 있을 테고, 한쪽이 '다시 한번 함께하고 싶다' 하더라도 다른 한쪽이 '혼자이고 싶다'고 한다면 거기서 갈라서게 되는 거다.

T씨의 부모님이 각자 길을 걷지 않고 그처럼 함께하게 된 데는 전적으로 아버지의 공이 컸던 듯하다. 그만큼 어머니를 향한 아버지의 마음이 강렬했던 것. 어머니 또한 그 정성에 감복하여 아버지의 진심을 받아들이고 사후 세계에서의 동행을 승낙했다고 말씀하셨다.

돌아가신 부모님이 사후 세계에서 어떻게 지내는지 이야기를 듣고 T씨도 깊이 안도하는 것 같았다. "저도 세상을 떠나면 부모님을 만나러 가고 싶은데 어떻게 하면 만날 수 있을까요?" T씨가 물었다.

"T씨의 경우는 어머니께서 마중을 나와주실 것 같네요. 이후에 아버님이 계신 곳까지 안내해주겠다고 말씀하십니다. 다만 아직 먼 이야기라고 생각하지만 말이에요." 이렇게 전하자 T씨의 얼굴 표정이 밝아졌다.

'진정한 사랑'이라는 말이 적절한 표현이 될지 모르겠으나 T씨의 부모님처럼 살아생전에 관계를 개선하고 새로이 좋은 부부 관계를 구축한 경우가 아니고서는 사후 세계에서 부부가 서로 손을 잡고 나란히 강가를 걸어 나가는 모습은 좀처럼 보기 어렵다.

이는 단지 부부에게만 국한된 이야기는 아니다. 사후 세계에서 사랑하는 가족을 다시 만나고 싶다면 삶을 살아가는 동안 서로 다짐해두는 것도 좋은 방법이다. "내가 먼저 세상을 떠나면 훗날 꼭 마중하러 갈게." "언젠가 그곳에서 꼭 다시 만나게 되길." 이렇게 말하는 것만으로도 그 언약은 이루어질 수 있다.

몇십 년 전의 약속이라 해도 사후 세계에서 재회하는 데 있어 시간차는 관계가 없다.

그런가 하면, 서로 아끼고 사랑하면서 '고마워'라든가 '미안해'라는 말을 입 밖으로 잘 꺼내지 못할 때도 많다. 본심은 그렇지 않으면서 가족 간에 생각지도 않던 험한 말을 내뱉어버리고 마는 경우 또한 많을 것이다. '이 사람과 사후 세계에서도 함께하고 싶다'라고 생각한다면 지금부터라도 서로의 솔직한 감정 표현으로 가족관계를 개선하는 계기를 마련해보기 바란다.

서로 함께하기를 소망한다면

드물긴 하지만 사후 세계에서 부모와 자식이 함께하는 일도 있다. 자식이 먼저 세상을 떠나고 부모가 그 뒤를 잇게 되었을 때, 사후 세계에서 자식이 부모를 기다리고 있다가 만난다기보다 부모가 자식을 찾아가는 경우가 대부분이다.

이런 이야기를 하면 다들 묻는다. "어떻게 해서 찾을 수 있죠?" 아주 어린 나이에 세상을 떠났다면 세월이 흘러 그 모습 또한 변해 있을 텐데, 그렇다면 사후 세계에서 다시 만나더라도 부모가 자식을 못 알아보는 것 아닌가 생각할 수 있겠다. 실제로 외관상 모습은 사람에 따라 다르기도 하거니와 내게 보이는 양상도 천차만별이다.

다만 뒤이어 사후 세계로 온 부모가 먼저 떠나보낸 아이를 찾는다고 하면 그 아이는 세상을 떠났을 당시의 모습으로 강가를 걷고 있는 경우가 대부분이기 때문에 부모가 자기 자식을 못 알아볼 걱정은 없다. 이치나 논리에 의해서가 아니라 '만나고자 하는 의지가 강하면 만날 수 있다'라고 하는 섭리인지도 모르겠다.

반대로, 부모가 젊은 나이에 세상을 떠나 자식이 부모의 나이를 넘어서 그 뒤를 따르는 경우도 있을 것이다. "나이 든 제 모습을 보고 젊은 어머니가 놀라지 않을까요?" 이런 염려는 하지 않아도 된다. 사후 세계에서 줄곧 지켜봐온 내 자식이 아니던가. 그러니 어머니가 못 알아볼 리 없다. 서로 함께하기를 소망한다면 앞서 말한 부부처럼 다음 생을 위해 나란히 강가를 걸어 나갈 수도 있다.

다음 생에 배우고 싶은 것들

다음 생에는 천문학자가 되고 싶어요

세상을 떠난 사람들 모두가 사후 세계에서 강가를 걷고 있는 것은 아니다. 스피리추얼 텔러로서 경험이 쌓이다 보니 사후 세계에서 새로운 도전을 시작한 사람도 있다는 걸 알게 되었다.

D씨의 돌아가신 어머니로부터 다음과 같은 이야기를 들었을 때는 솔직히 좀 놀라기도 했다. "이쪽 세계로 건너오고부터 스스로 목표를 세우고 공부하고 있어요." 그러고는 지금 한창 수업 중이라며 한마디 덧붙였다. "다음 생에는 천문학자가 되고 싶어요."

생기 넘치는 어머니의 모습이 고스란히 전해져왔다.

"어머니께서 천문학을 공부하고 계신다는데, 원래 그 분야를 좋아하셨나요?"

이에 D씨가 고개를 갸웃하며 답했다. "글쎄요. 점성술을 좋아하셨던 건 맞는데 별자리에 흥미를 갖고 계셨는지까지는 잘 모르겠네요. 다만 책을 읽는다든가 공부하는 건 어쨌든 좋아해서 연세가 드시고부터는 라디오 영어회화 강좌도 열심히 듣곤 하셨어요. 그러고 보니 새로운 지식을 습득하는 데 열의가 대단하셨던 것 같아요."

하지만 단지 그런 이유로 사후 세계에서 하고 싶은 것을 다 하게 되는 건 아니다. 이는 필시 특별한 사람에게만 주어지는 특별대우 같은 것이다. 아니나 다를까 D씨에게 어머니가 살아생전 어떤 삶을 사셨는지 얘기를 듣고 나자 과연 그럴만하다고 곧 납득할 수 있었다.

어머니는 어릴 적부터 공부하기를 좋아해서 성적도 상위권이었다고 한다. 그런데 편모슬하에서 자라다가 모친마저 돌아가시자 어린 동생들을 먹여 살리기 위해 고등학교를 중퇴, 가고 싶었던 대학 진학도 포기하고 직업전선에 뛰어들 수밖에 없었다. 그렇게 사회에 나와 온갖 고생을 다 하셨다고.

어머니께서 호탕하게 말씀하셨다. "살아 있을 땐 힘든 일도 정말 많았어요. '후회'라는 말은 쓰고 싶지 않지만 좀 더 자유롭고 싶었던 건 사실이에요. 하지만 설령 정해진 운명이었다 할지라도 나름대로 열심히 살았기에 좋은 인생이었다고 생각해요."

그런 마음가짐을 지닌 분이셨으므로 뒤늦게나마 그토록 원하던 '공부'에 매진할 수 있었을 거라고 생각한다. 어머니 말씀을 듣고 나서 생전 삶의 방식이 사후 세계에까지 영향을 미친다는 사실을 분명히 알 수 있었다.

"이것저것 공부할 게 너무 많아서 바쁘니 이만 가볼게요." 밝게 인사한 뒤 어머니는 저쪽 세상으로 발걸음을 돌렸다. 역시 사람은, 세상을 떠났다고 해서 그걸로 끝이 아니다.

지금의 삶을 살아가고 있는 이유

앞서도 잠깐 언급했듯이, 우리는 저마다 인생의 테마를 정해서 이 세상에 태어났다. D씨의 어머니처럼 부모님이 일찍 돌아가셔서 하고 싶은 공부를 포기하고 생계를 책임지기 위해 어린 나이부터 직업전선에 뛰어들어야 했던 사람, 장애를 가지고 태어난 사람, 한 부모 가정에서 고초를 겪어야 했던 사람, 부모에게 학대받은 사람 등등 모두가 그런 가혹한 운명을 스스로 택해서 이 세상에 태어난 거라면? 터무니없는 소리라며 하나같이 믿을 수 없다고 말할지도 모르겠다.

그러나 기억에는 없어도 우리의 영혼은 무언가를 배우기 위해 지금까지 몇 번이고 다시 태어나 새로운 인생을 살아왔다. 수명을 다하고 떠나면 사후 세계에서 생전의 삶을 돌아보게 되는데 '다음 생에는 이러이러한 것을 배우고 싶다'라고 결정함으로써 오늘날 또다시 이 세상에 태어나 지금의 삶을 살아가고 있는 것이다.

더구나 아무리 힘들고 괴로워도 포기하지 않고 끝까지 최선을 다해 살았던 사람에게는 사후 세계에서 선택권이 주어진다. '선택'이라는 표현을 쓰긴 했지만, 노력한 삶에 대한 '대가' 혹은 '보상'이라고 말해두는 쪽이 더 적합할지도 모르겠다.

사후 세계에는 다음 생을 향해 꾸준히 강가를 걷는 사람들 말고도, 말하자면 저쪽 세상의 인생이라고 할까, 자기 나름의 삶을 사는 사람도 꽤 많이 있다. 내게 보이는 사후 세계 풍경 가운데는 다음 생에 다시 태어나 하고 싶은 일을 성취하기 위해 공부하느라 여념이 없는 D씨의 어머니 같은 사람도 있는가 하면, 열심히 무언가 글을 쓰는 사람도 있고, 어린 자식을 여의고 세상에 홀로 남겨진 엄마가 힘들어하지 않도록 보이지 않는 힘을 전달하기 위해 애쓰는 사람도 있다.

또한 사후 세계에서 먼저 떠난 가족을 상봉해 서로 함께 이 세상에 남은 가족을 지켜주기 위해 힘쓰고 있는 사람들도 있는가 하면, 강가를 걷고 있는 사람을 불러 세워 다음 생에 어떤 삶을 살아갈지 예언해주는 사람도 있는 등 사실 내게 보이는 저세상의 풍경은 각양각색이다.

그뿐만이 아니다. 다음 생에 다시 태어나기 위해 공부를 하는 학교 같은 장소도 있다. 아주 어릴 적 세상을 떠난 영혼 가운데는 한 번도 강가를 걷는 일 없이, 이 세상에 다시 태어날 때까지 그와 같은 학교에서 지내는 사람도 있다.

그러니 당신의 소중한 사람도 생전 충실했던 삶을 보상받아 사후 세계에서 만족스러운 하루하루를 보내고 있을 수 있다는 얘기다.

열다섯

괜찮은 인생이었다

글쓰기로 과거를 되돌아본 아버지

앞서 얘기했듯이, 세상을 떠난 사람은 강가를 걸으며 인생을 되돌아보는데 저마다 그 방법은 다르다. 글쓰기, 말하기, 또는 그림 그리기로 과거를 돌아보는 사람도 있는데 이는 사후 선택지 중 하나라고 할 수 있다.

예를 들어 글쓰기를 선택한 사람은 우선 캔버스가 펼쳐져 있는 것 같은 장소를 발견하고 '이게 뭘까?' 관심을 가지고 다가간다. 그리고 그 하얀색의 거대한 종이에 자신이 살아온 발자취를 적어나가는데, 글을 쓰기 시작하자 멈출 수가 없었다고 하는 식이다.

F씨 아버지의 경우, 강가를 걷기 시작하고부터 그 하얀 캔버스가 여러 번 눈앞에 펼쳐졌다고 한다. 그것을 수차례 그냥 스쳐 지나가기만 하다가 어느 순간 다시 맞닥뜨렸을 때, 가만히 있을 수가 없어서 가까이 다가가 그 거대한 종이에 글을 쓰기 시작했다는 것이다.

"그 작업이 즐거워서 무심히 글을 쓰며 지냈는데 꽤 많은 시간이 흘렀더군요. 그래 정신을 차리고 보니 주변에 있던 사람들이 사라진 거예요." 아버님께서 미소 지으며 말씀하셨다. 그렇듯 글을 쓰면서 과거를 돌아보게 되었고, 그러면서 마침내 '괜찮은 인생이었다'라고 결론 지을 수 있었다고.

"아버님께서 글쓰기를 좋아하셨나요?" F씨에게 물어보았다.

"네, 맞아요. 돌아가시기 직전까지 아주 작은 글씨체로 수첩에 빼곡하게 그날그날의 일을 적곤 하셨지요."

그러자 아버님께서 말씀하셨다. "다만 저쪽 세상의 그 커다란 종이에 아이들 이야기만 잔뜩 써놨지 아내 이야기를 쓸 자리는 텅 비어 있어요. 50년 가까이나 부부로 같이 살았는데 여태껏 아내에 대해 잘 모르겠으니 그 부분이 지금의 과제라오."

F씨의 말에 따르면, 아버지는 생전 여행을 떠나는 일도 한번 없었고, 취미가 독서라고 하지만 읽는 책은 전부 도

서관에서 빌려왔다는 것이다. 아버지는 절대 돈을 허투루 쓰는 사람이 아니었는데 전업주부셨던 어머니는 이와 대조적으로 옷이나 화장품에 돈을 쓰고, 취미인 노래를 배우는 데도 투자를 아끼지 않는 등 부부의 경제적 가치관은 전혀 달랐다고 한다.

"하지만 그런 생활 방식을 이해하지는 못해도 어머니를 매우 사랑했다고 하시네요. 어머니께서는 살아가는 기쁨을 체험하고자 하는 사람이었기에 그런 아내의 반려자로서 아버님 자신도 행복했다는 것만은 틀림없는 사실이라고. 앞으로 어머니의 장점들을 더 많이 찾아내서 캔버스에 적어 넣을 생각이라고 말씀하십니다."

아버님은 또한 세상을 떠나기 전 침대 머리맡에 앉은 딸과 많은 대화를 나누었는데 비록 별 의미 없는 이야기들이었다 할지라도 그게 그토록 즐거웠다고 말씀하셨다.

"아버님께서 매우 흡족해하고 계십니다. 당신에게는 역시 자식이 제일이었다 하시면서요. 과거를 되돌아보며 다시 한번 그런 생각이 드셨던가 봅니다."

그러자 F씨가 미소 지으며 말했다. "아버지가 무슨 말씀을 하시는지 충분히 잘 알겠어요. 틀림없이 우리 아버지가 맞네요."

F씨는 나를 찾아오기 일이 주쯤 전부터 왠지 모르게 아버지 생각만 머릿속에 계속 맴돌았다고 한다.

그 말을 전해 듣고 아버님께서 말씀하셨다. "오늘은 어떻게 해서든 딸과 꼭 이야기 나누고 싶어서 좀 더 강력하게 부추겨봤지요."

세상을 떠났다고 하더라도 부모 자식 간은 변하지 않는다. 서로 사이가 좋았다면 사후에도 좋은 관계가 그대로 유지된다. 아버님은 과거를 되돌아보던 중 사랑하는 딸을 만나고 싶어 아무래도 견딜 수가 없었나 보다. 나와 F씨가 만난 것도 우연은 아니라는 생각이 들었다.

살아 있을 때가 빛난다,
이 세상이야말로 파라다이스

지금 더 많이 웃고 행복을 실감하기

이 세상 삶의 연장선상에 있는 사후 세계는 사람에 따라 매우 드라마틱하게 비치는데 내가 볼 때 파라다이스(낙원)는 아니다. 역시 살아 있을 때가 아름다운 걸 보면 이 세상이야말로 파라다이스다. 살아 있으면 기쁨도 슬픔도 전부 다 몸으로 직접 느낄 수 있기 때문이다.

반대로, 영혼은 있지만 육체가 없기 때문에 오감五感을 느끼며 살아가지 못하는 곳이 바로 사후 세계다. 힘들고 괴로운 생각을 안 해도 되는 대신에 '맛'을 즐길 수 없고 '행복'을 누릴 수 없고 '재미'를 느낄 수 없고 '웃음'을 웃을 수 없다. 그 무엇도 지금처럼 향유할 수 없다. 무엇을 해도 그저 부옇고 흐릿하게 다가올 뿐이다. 한마디로 슬픔도 기쁨도 실감할 수 없다는 얘기다.

살다 보면 분명 힘든 일도 겪게 된다. 하지만 삶의 고통은 어느 순간 행복으로 바뀌기도 한다. 힘들다는 건 살아 있다는 증거로, 고통의 순간을 잘 견뎌내면 반드시 찾아올 기쁨이 있기 때문이다.

세상을 떠나면 번민과 절망에 빠질 일도 없다. 대신 마음껏 즐기거나 실컷 웃을 일도 없어진다. 그렇기 때문에 지금 더 많이 웃고 행복을 실감하며 전력을 다해 살아가야 한다. 상담이나 강연을 할 때 늘 당부하는 말이 있다. "삶이 때로는 괴로울지라도 중요한 건 행복한 사람이 될 수 있도록 항상 노력하고 끊임없이 공부하는 태도입니다."

이 세상에서 지내는 시간은 유한하다는 것을 여러분 모두 잊지 말기 바란다.

우리가 모르는
불가사의한 힘

임종을 지키지 못한 것에 대해 후회하며 사과의 말을
전하기보다 앞을 향해 밝고 명랑하게 살아가는 모습을 보여준다면
고인도 안심하고 사후 세계의 시간을
살아갈 수 있다는 점을 염두에 두었으면 좋겠다.

인생 공부

스스로 마음을 다스릴 줄 안다면

G씨는 함께 살고 있는 어머니 때문에 상담을 받으러 왔다. 두 모녀 사이는 평소 언쟁이 끊이지 않았는데 어머니 말에 G씨가 조금이라도 반박을 할라치면 그에 대한 노여움이 배가 되어 돌아왔다. 이런 일들이 스트레스로 쌓여 최근 들어선 어머니와 얼굴을 마주치지 않기 위해 방에 틀어박혀 있는 시간이 늘었다고 한다.

사실 분가하고 싶은 마음은 굴뚝같지만 1년 전 아버지가 돌아가셔서 고령의 어머니를 혼자 남겨두고 차마 나가 살지는 못하겠고, 그러면서도 참는 데 한계가 있어 괴롭

다고 호소했다. 그러자 G씨의 돌아가신 아버지가 어느새
곁에 와 있다는 걸 알아차릴 수 있었다.

이를 전하자 G씨가 말했다. "아버지가 엄마 좀 어떻게
해줄 수 없어요?"

그때 아버지로부터 들려온 메시지는 전혀 예상 밖의 말
이었다. "물론 농담이시겠지만 아버님께서 이렇게 말씀하
시네요. '그럼 저세상으로 데려갈까?'"

이 얘길 듣자 순간적으로 G씨의 표정이 딱딱하게 굳었
다. 나 역시 예사롭지 않은 느낌이 들긴 했다. G씨의 아버
지라면 반농담이 아니라 진짜로 어머니를 데리고 갈 수도
있겠구나 싶었다. G씨의 아버지도 살아생전 부부 사이 관
계가 순탄치 않았기 때문이다. 사사건건 토를 다는 아내
의 피곤한 성격에 지쳐 언제부터인가 작정하고 조개처럼
입을 꽉 다물고 살았었다. 그런데 이제 자기 대신 딸이 그
처럼 괴로워하고 있다고 생각하니 가만히 보고만 있을 수
가 없었던 것.

"그러는 쪽이 너도 편하겠지?" 아버지가 딸을 향해 말
했다. 그 말을 전했더니 G씨가 엉겁결에 물었다.

"어떻게 데려가려고요?"

"한순간에." 아버지가 무심히 답했다.

G씨는 돌아가신 아버지가 과연 그럴 수 있을까 의아해
하면서도 그 진지한 말투에 덜컥 겁이 났던 게 틀림없다.

"아니에요. 아직 데려가지 마세요." 딸이 오히려 아버지를 말렸다.

'엄마를 저세상으로 데리고 갈까'라고 하는 말에는 정말로 그렇게 하면 후회하는 사람은 바로 '너 자신'이라는 의미도 포함되어 있다고 본다. 서로 성향이 크게 다른 엄마와 생활하는 것 자체가 G씨에는 어쨌든 인생 공부가 될 터이다.

G씨에게 어머니의 성격을 묻자, 어머니는 꽤 사교적이어서 남의 일을 돕는 데 기꺼이 나서는 등 친구들도 많은 편이라고 한다. 그러니까 딸은 말끝마다 참견하고 잔소리가 심한 엄마의 한마디 한마디에 화를 내는 반면, 그런 엄마를 밝고 쾌활한 사람이라고 보는 이들도 있다는 얘기다. 결국 받아들이는 사람에 따라 그 대상을 바라보는 방식은 180도 달라진다고 할 수 있다.

엄마와 함께 살면서 '엄마 때문에 너무 지치고 힘들다'라고 생각하면 괴로워서 견딜 수 없겠지만 발상을 전환하여 '엄마 덕분에 인생의 역경을 헤쳐 나가는 힘을 기르고 있다'라고 생각하면 어느 정도 마음의 여유가 생길지도 모르겠다.

G씨의 아버지도 이렇게 말씀하셨다. "살면서 가능한 한 아내와 마주치지 않으려고 피해왔지요. 부부 관계가 나빠진 것도 순전히 아내 탓이라고 마음 한구석으로는 그렇게

생각해왔다오. 딸이 나와 똑같은 후회를 하도록 만들고
싶진 않네요."

그것이 바로 인생 공부다. 스스로 마음을 다스릴 줄 안
다면 엄마와 한집에 살면서도 자유롭고 기분 좋게 지낼
수 있는 방법은 얼마든지 있다. 더구나 G씨가 분가를 한
다손 치더라도 문제가 일순 해결되는 것 또한 아니고 차
후 다른 인간관계로 비슷한 시련을 맞닥뜨릴 수도 있다.

"차라리 가족인 부모님과 충돌하는 쪽이 타인과 언쟁하
고 다투는 것보다 한결 마음 편하지 않겠어요?"

내 말에 G씨는 다음과 같이 답하고 돌아갔다. "정말 그
렇긴 하네요. 엄마한테서 도망치려고만 하지 말고 뭔가
잘 지낼 방법을 모색해봐야겠어요."

어머니가 딸을 행복하게 해줄 거라 기대하는 건 아니
다. G씨가 지금 행복할지 불행할지는 자신이 맞닥뜨린 문
제를 어떻게 받아들이느냐에 달려 있다. G씨의 아버지는
결국 그 점을 이야기해주고 싶었던 건지도 모르겠다.

유산상속을 계기로 알게 된 엄마의 본심

이미 세상을 떠난 사람이 다른 사람의 목숨을 앗아갈
정도의 영향력을 행사할 수도 있다니, 당장에는 믿기 어

려운 이야기일지 모른다. 하지만 드물긴 해도 그런 일이 간혹 일어나기도 한다. 이는 고인의 살아생전 강한 신념에서 비롯되는 듯하다.

어느 상담자의 돌아가신 어머니도 그러한 영향력을 미칠 만한 사람이었다. 그 상담자는 유산상속에 대한 고민으로 나를 찾아왔다. 가족이 몇 채의 부동산을 소유하고 있는데 그중 한 채가 돌아가신 어머니의 명의로 되어 있다는 것이었다. "유산상속을 받을 형제가 세 명이라 누구 하나에게 명의 변경을 해주면 불공평해지는 관계로 물건을 팔아 현금화해서 3등분하려고 하는데 괜찮을까요?" 상담 내용은 이랬다.

그러자 당사자인 어머니가 나타나 말씀하셨다. "절대 팔아서는 안 돼." 이유를 듣자 하니, 그 토지는 원래 어머니의 아버지, 그러니까 상담자의 할아버지 소유로 숱한 고생 끝에 얻은 것이었다. 더욱이 거기에는 작은 집을 지어 검소한 생활을 해나가며 가족들이 오순도순 사이좋게 지낸 추억이 가득 담겨 있다고.

상담자도 기억이 떠올랐나 보다. "그러고 보니 옛날에 엄마한테서 그런 얘기를 들었던 것 같아요. 저도 어렸을 적 할아버지가 지은 집에 놀러 갔던 기억이 있어요. 그렇긴 하지만……." 말끝을 흐리면서 약간 떨떠름한 얼굴을 했다.

그러자 어머니가 격한 어조로 말씀하셨다. "애들 할아버지가 돌아가신 이후로는 내가 그 땅을 지켜왔어요. 멋대로 했다가는 누군가 다치는 사람이 생길 거예요." 어머니의 기세로 보아 충분히 그런 일이 벌어질 수도 있을 것 같았다.

세상을 떠난 이후라도 그렇게까지 집착하는 이유는 분명 어머니 생전에 그 토지를 지키고자 하는 의지가 매우 강했기 때문일 것이다. 상담자도 어머니의 기질을 잘 알고 있기에 결국 어머니 뜻을 존중하여 형제들 가운데 대표를 선출해서 명의 변경을 하는 것으로 일단락 지었다고 한다.

유산상속의 문제는 워낙 복잡 미묘한 터라 생전에 제대로 결론 지어놓는 쪽이 좋다. "아직 몸 성히 잘 살고 있는데 사후 이야기라니 불길하다"고 말하는 사람도 있겠지만, 사후 세계에까지 원한을 떠안고 가지 않기 위해서라도 서로 이야기 나누어야 할 부분은 일찌감치 매듭지어놓고 볼 일이다.

정성을 다하는 마음만으로도

어디에서든 그 진심은 가닿기 마련

U씨는 자신이 이혼하고 난 이후 아들이 은둔형 외톨이가 되었다면서 그 문제로 상담을 왔다. 학교도 가지 않고 방에 틀어박혀 나오지 않는 아들을 어떻게 할 도리가 없어 고민이라고 했다. 가만히 살펴보니 U씨의 딸도 몸 상태가 안 좋은 듯했다. 딸은 어떤지 묻자 아니나 다를까 부인과 계통의 질환이 발견되어 수술을 할지, 좀 더 상황을 지켜볼지 의사와 상담 중이라는 것이었다. 바로 그때 "성묘"라고 하는 말이 들려오길래 U씨에게 물어보았다.

"성묘는 빠뜨리지 않고 가시나요?"

"네?" U씨가 반문하며 어쩐지 불편한 표정을 지었다. U
씨에 따르면, 이혼 후 가족이 함께 살고 있던 집에서 남편
혼자만 나가고 U씨와 두 자녀는 이전과 변함없이 생활했
다. 다만 이혼한 이후로는 시부모님 묘지에 발길을 뚝 끊
었다고 한다. 뿐만 아니라 아직 집 안에 남아 있는 유품이
나 사진들도 그냥 방치해두었다고.

"바로 그 부분이 아드님이나 따님한테 영향을 미치고
있는 듯합니다. 지금까지는 주기적으로 성묘를 다니며 조
상을 공경해온 덕분에 가족 모두가 무탈했던 거예요. 그
런데 그 마음을 갑자기 접어버리면 조상님이 실망하여 이
와 같은 상황이 벌어지기 쉬워지죠."

단순히 성묘를 그쳤다거나 유품을 방치했다고 해서 조
상의 노여움을 사 해코지를 당한 것은 물론 아니다. 다만
가족을 지켜주던 보이지 않는 힘이 더 이상 손길을 뻗치
지 않게 되면 어떤 일이 일어나는지 U씨 부자를 통해 메
시지를 전달하고자 했던 것이다. '지금까지 조상님의 보
살핌을 받으며 살아왔던 거구나……' 이런 깨달음을 얻게
하고자 함이 아니었을까.

거꾸로 생각해볼 수도 있다. 성묘를 하면 보이지 않는
세계에서 기꺼이 화답해준다. 그렇기에 여태 조상의 은덕
으로 줄곧 도움의 손길이 닿고 있었던 것이다. 그런데 그
손길이 거두어진다면? 무슨 일인가가 일어나도 이상하지

않다고 말할 수 있을 법하지 않은가.

"꽤 멀긴 하지만 그래도 다시 성묘를 다니도록 하겠습니다. 그렇게 하면 아들이 다시 학교에 갈 수 있을까요? 딸아이도 수술하지 않고 치료할 수 있게 될까요?"

U씨가 심각한 눈빛으로 물었고 거기에는 이렇게 답했다. "의무감이나 자기 이익을 위해서 성묘를 하면 조상님이 달가워하지 않겠지요. 일부러 먼 데까지 성묘를 가지 않더라도 유품 등을 정성스럽게 대하면 그걸로 만족하실 겁니다."

그러고서 얼마 후 U씨의 아들딸 모두 상태가 호전되었다는 전갈을 받았다. 여러분도 혹여 무언가 마음에 걸리는 일이 있지는 않은지? 꼭 위와 같은 상황이 아니더라도, 피치 못할 사정이 있어 성묘를 하지 못하게 되었다면 장소는 어디라도 상관없다. 조상을 공경하는 마음만 저버리지 않는다면 어디에서든 그 진심은 가닿기 마련이다.

우리를 위해 내밀어준 손길을 저버리지 않도록

"묘지를 철거하려고 하는데, 그러면 조상님이 노할까요?" 이렇게 묻는 상담자가 최근 늘고 있다. 대부분 자녀가 없는 부부라든가 현재 싱글인 사람, 또는 외동딸인데 결혼과 동시에 해외 이민을 가게 되어서 친정 부모님 묘를 돌보지 못한다고 하는 사람이 그런 질문을 한다. 개중에는 이런 사람도 있다. "우리 아이들은 성묘는커녕 묘지 관리조차도 하지 못할 거기 때문에……." 이렇듯 저마다 사정은 여러 가지다.

지금은 시대가 바뀌어 '내가 세상을 떠나면 성묘를 하지 않아도 된다'라고 생각하는 사람들 또한 많다. 그래서 수목장이나 납골당을 선택해 사후에 자손이 신경 쓰지 않더라도 관리가 이루어지도록 미리 조치해두는 경우가 늘고 있다. 그러니 설령 묘지가 없어진다 한들 '앞으로도 변함없이 공경하겠다'라는 마음만 잊지 않는다면 조상님이 노할 이유가 없다.

묘지가 너무 멀어서 성묘 가기가 어려운 사람은 지금 살고 있는 집 근처로 이장을 해도 괜찮다. 다만 이장하기 전에 한 번쯤은 가족 모두가 함께 본래의 못자리를 찾아가보기 바란다. "이러저러한 이유로 이장합니다." 이처럼 이야기를 전하는 것만으로도 그 뜻은 쉽게 헤아림을 받을 수 있기 때문이다.

예고 없이 제멋대로 묘를 파서 조상님을 노하게 하는 일만큼은 피해야 한다. 잘못하다가는 앞서 언급한 U씨처럼 가족들의 일상이나 건강에 심각한 영향을 끼칠 수도 있다.

가족들과 논의했지만 합의를 보지 못해 홀로 이장을 결정할 수밖에 없는 경우라도 마찬가지다. 우선 묘지를 찾아 사정을 고하는 게 좋다. "이러이러한 경위로 이장을 결정하게 되었습니다. 몇 월 며칠, 시행하도록 하겠습니다." 하는 식으로.

이장을 할 때 염두에 두어야 할 점이 또 하나 있다. '새로운 묘지에는 가능한 한 자주 찾아와주었으면 좋겠다'라고 하는 염원을 헤아려야 한다는 것이다. 예를 들어, 딸이 홋카이도에 살고 있어서 아키타현에 있는 묘지로부터 홋카이도로 이장한다고 하면 부모님 편에서는 친숙한 곳에서 낯선 땅으로 이사하는 것처럼 느껴질지 모른다. 그런데 거기다 '가까운 곳으로 옮겨놓고 아무도 찾아오지 않는다'라고 하면 실망감 또한 크지 않겠는가.

성묘에 대한 생각은 사람에 따라서 차이가 있다. 가령 본인이 살아생전 좀처럼 성묘를 가지 않았던 사람이라면 자손에게도 크게 기대하지는 않을 것이다. 반면 부지런히 성묘를 다녔던 사람이라면 자신이 세상을 떠난 이후 자손들이 아무도 묘지를 찾지 않는다고 할 때 기분 좋을 리가 없다.

"내가 부모님의 대를 이어가겠다!" 하고 큰소리 떵떵 쳐놓고 묘지를 돌아다보지도 않는다면 '약속을 지키지 않음'으로 인해 달갑지 않은 일이 생길 수도 있다.

실제로 갑작스럽게 원인 불명의 병을 앓는다거나 깊은 고민에서 헤어 나오지 못해 괴로워하고 있는 상담자를 만나게 되면 '묘지가 황폐해져 있다'든가 '위패에 먼지가 쌓여 있다'든가 하는 이미지가 전해져 오는 경우도 있다. 그럴 때 묘지 주변을 깔끔하게 정리했더니 병이 씻은 듯이 나았다고 하는 거짓말 같은 실화도 있다.

물론 묘지가 있고 없고를 떠나서 조상에 대한 감사의 마음을 잊지 않는다면 그로써 족하다. 묘지를 철거했더라도 언제 어디서든 마음속으로 공경하며 인사를 건네는 것만으로 보이지 않는 세계에서는 우리를 위해 기꺼이 손 내밀어준다.

열아홉

임종을 지키지 못한 건
누구의 탓도 아니야

마지막이 아름다운 모습으로 기억되길

L씨의 어머니는 5년 전에 돌아가셨다. 사인은 심장마비로 욕실에서 돌아가셨다고 한다. 그날은 마침 어머니의 생신이기도 하여 L씨는 일찌감치 일을 마치고 케이크를 사서 오랜만에 본가에 들를 생각이었다. 그런데 그날따라 직장에서 사소한 문제들이 연달아 터지는 바람에 그때마다 일일이 대응하느라 시간이 훌쩍 지나버렸다.

L씨는 어머니에게 전화로 사정을 설명하고 다음 날 찾아뵙기로 했다. "죄송해요. 오늘은 늦어서 못 갈 것 같으니 내일 들를게요."

그런데 그날 저녁 어머니가 욕실에서 돌아가신 것이다. L씨는 그로 인해 오랫동안 충격에서 헤어 나오지 못했다고 한다. 사소한 회사 일 같은 건 다른 사람한테 맡기고 일찍 본가에 갔더라면 마지막 생신을 함께 축하할 수 있었는데…… 엄마와 마주 보며 함께 웃고 실컷 이야기 나눌 수 있었을 텐데 자기 때문에 엄마가 홀로 숨을 거두셨다며 5년이 지났지만 아직도 그 회한의 고통에서 벗어나지 못하고 있었다.

곧바로 돌아가신 어머니에게서 메시지가 당도했다.

"어머니께서는 당신의 마지막 모습을 L씨에게 보이고 싶지 않았다고 해요. 그러니 그날 오지 못한 게 오히려 다행이라고 말씀하십니다. 제가 볼 때 지금은 저쪽 세상에서 매우 잘 지내고 계시네요."

이 얘기를 듣고 L씨는 믿을 수 없다는 얼굴을 했지만 이내 이렇게 말했다. "그러고 보니 확실히 엄마는 멋쟁이에 자존심도 강한 분이었어요. 당신의 최후를 보이고 싶지 않았다고 말씀하시는 걸 보니 역시 우리 엄마답네요. 사토미 씨에게서 그 얘기를 듣고 나니 지금까지 절 괴롭혔던 후회의 감정이 조금은 누그러지는 듯합니다."

이와 비슷한 경우는 또 있다. 세상 누구보다 사랑했던 아버지의 임종을 지키지 못한 것 때문에 10년 이상을 괴로워하며 살아온 어떤 상담자의 이야기다.

이분은 장기간 입원해 계신 아버지를 매일매일 면회 갔으나 돌아가시기 전날 밤만큼은 어쩐지 조금 께름직한 기분이 들었다고 한다. 여느 때 같으면 "이제 됐으니 어서 가봐."라고 말씀하셨을 아버지가 "벌써 가려고? 내일은 가능하면 일찍 오너라." 하시길래 이상하다고 생각하면서도 그대로 병원을 나섰다는 것이다. "알겠어요. 내일 아침 일찍 올게요." 하는 인사를 남기고.

그런데 다음 날 아침 일어나니 몸 상태가 좋지 않아서 오전 중으로 병원엘 가보지 못했다. 그러고 있던 차 병원에서 연락이 왔다. "아버님께서 숨을 거두셨습니다." 상담자는 깊은 슬픔에 빠진 나머지 침대 위로 털썩 쓰러진 채 일어나지조차 못했다고 한다. '내가 그 자리를 지키고 있었어야 했는데……' 지금까지 온 정성을 다해 간호해왔기에 딸은 스스로에 대한 책망과 임종을 지키지 못한 후회가 더더욱 커져만 갔다.

하지만 사실 임종이 가까워진 아버지의 속마음은 달랐다. '아무래도 내 마지막 순간은 딸에게 보이고 싶지 않아.' 아버지는 이렇게 바라고 계셨던 것이다.

나는 상담자에게 다음과 같이 전했다. "그 바람이 이루어졌기에 아버지께서는 만족하고 계십니다."

이승에서의 마지막 순간 가족 모두가 모인 자리에서 숨을 거두고 싶다고 소망하는 사람이 있는가 하면, 아무리 사랑하는 가족들 앞이라 해도 '고통 속에서 죽어가는 마지막 모습을 보이고 싶지 않다'며 임종 지키는 것을 원하지 않는 사람도 있다.

최선을 다해 보살펴왔지만 끝내 임종을 지키지 못함으로 인해 가슴 아파하는 사람이 있다면, 그 마지막 모습을 보이고 싶지 않았던 것이 곧 고인의 바람이었다고 여겨주길. 물론 그렇게 마음을 달리 먹기가 쉽지는 않으리라 생각하지만, 어디선가 틀림없이 지켜보고 있을 소중한 사람에게 언제까지나 슬퍼하는 모습만 보여주는 것 또한 추모의 방법이 되지 않는다.

임종을 지키지 못한 것에 대해 후회하며 사과의 말을 전하기보다 앞을 향해 밝고 명랑하게 살아가는 모습을 보여준다면 고인도 안심하고 사후 세계의 시간을 살아갈 수 있다는 점을 염두에 두었으면 좋겠다.

장난질하는 동물 혼령

뱀의 혼령이 똬리를 틀었던 별장

예부터 동물 혼령으로 유명하다고 하면 단연 여우다. 이른바 '여우에게 홀린 사람'이란 여우의 혼이 인간에게 들러붙은 것을 말한다. 할아버지 할머니에게서 '사특한 여우' 이야기를 들어본 적이 있는 사람도 많을 것이다.

나를 찾아온 상담자들 가운데는 여우뿐만 아니라 너구리나 뱀 등의 혼령이 들러붙은 사람도 있었다. Q씨의 경우는 거대한 뱀이었는데 그 뱀의 혼령이 Q씨의 별장에 똬리를 틀었던 것이다.

Q씨가 이상한 낌새를 알아차린 것은 별장을 구입하고

얼마 지나지 않았을 때다. 평소 사이가 좋았던 Q씨 부부는 주말마다 공통 취미인 골프를 즐기러 다니곤 했다. 그래서 아예 두 사람이 좋아하는 골프장 근처에 별장을 하나 마련하기로 하고는 집에서 차로 두 시간 정도 거리의 교외 쪽으로 적당한 물건을 매입했다.

그런데 염원하던 별장을 다니기 시작하면서부터 뚜렷한 이유도 없이 부부 사이에 끊임없는 다툼이 일었다고 한다. 그런 불안정한 생활이 직장 업무까지 영향을 미쳐 회사에서도 트러블이 계속되었다. 그뿐만이 아니었다. 어느 날은 뜬금없이 경찰서에서 연락이 왔다. "댁에 도둑이 들었습니다." 곧장 별장으로 달려가 보니 대단한 물건을 도둑맞은 건 아니었지만 여러 명이 흙 묻은 신발을 신은 채 집 안에 들어온 듯 마루가 흙투성이가 되어 있었다.

Q씨를 보고 있자니 우선 두 가지 이미지가 전달되었다. 하나는 그 별장을 구매한 타이밍이 좋지 않았던 것. 너무 성급했다. 또 하나는 위에서 언급한 큰 뱀의 모습이었다. 거실을 가득 메울 정도로 커다란 뱀이 똬리를 틀고 있었다. 아무래도 그 땅에 뿌리를 내리고 있는 동물이었던 모양으로, Q씨 부부를 별장에서 쫓아내려 하고 있었다.

그러자 곧이어 또 다른 메시지가 전달되었다. '인사를 거꾸로'라는 전언이었다. 그래서 다음과 같이 전달했다. "'굿모닝'와 '굿나잇', '다녀오겠습니다'와 '다녀왔습니다',

'잘 먹겠습니다'와 '잘 먹었습니다' 이런 말들을 거꾸로 한 번 해보세요. 어째서 이런 메시지가 들려오는지 저도 의아하긴 하지만 그런 식으로 해서 시간을 어긋나게 하면 타이밍이 맞춰지는 모양입니다. 그러면 뱀의 혼령도 별장에서 떨어져 나갈 거예요."

이에 Q씨는 하도 안 좋은 일들만 계속되길래 별장을 처분해버릴까 생각하고 있던 참이었다면서 우선은 그렇게라도 해보겠다 말하고 돌아갔다. "남편과 얘기해볼게요. 어쨌든 인사를 거꾸로 하는 것부터 시작해봐야겠네요."

그로부터 수개월 후 Q씨는 부부싸움이 급격히 줄어 본래의 사이좋은 부부로 돌아갔다고 알려왔다. 큰 뱀의 모습도 별장에서 완전히 사라져 보이지 않았다. Q씨와 같은 경우뿐만 아니라 집을 리모델링한다든지 이사를 했을 시, 부부싸움이 늘거나 무얼 해도 일이 잘 안 풀리는 시기가 계속된다면 그 원인이 바로 집 때문일 수도 있다. 그래서 이혼을 하고 마는 부부도 있는데, 부부 사이가 뒤틀린 채로 두면 서로 에너지 소모만 하다가 결국 관계는 돌이킬 수 없이 악화 일로를 걷게 된다.

그런가 하면, 큰마음 먹고 결단하여 집을 포기하는 쪽이 나은 경우도 있는데 이는 동물 혼령이 아니라 사람의 영혼이 들러붙은 경우에 해당한다. 그것도 한이나 원망을 품은 채 이승을 떠돌고 있는 영혼이 들러붙었을 때다.

예를 들어 옛날에 병원 건물이 들어서 있던 자리라든가, 부근의 토목공사장에서 과거 큰 사고가 있었던 부지라고 한다면, 바로 그 장소에 아무런 연고도 없는 혼령들이 마치 주인처럼 들어가 둥지를 틀고 있는 경우가 있다. "가까이 오지 마! 여기는 우리가 사는 곳이야." 이 같은 분노의 에너지가 부부싸움이나 크고 작은 트러블을 일으키는 것이라고 볼 수도 있다.

부부싸움에 한해서뿐만 아니라, 이사를 하자마자 몸 상태가 나빠졌다거나 주변 사람들과 인간관계가 악화되는 등 무언가 심상치 않은 변화가 느껴졌다면 황색신호다. 근처에 오래된 절이나 고택이 있다면 그 지역의 내력를 알아보는 것도 좋은 해결 방안이 될지 모른다.

규칙적이고 건강한 생활 방식으로 만사 해결

동물 혼령 가운데는 Q씨의 사례처럼 지독한 악행을 저지르는 혼령도 있지만, 대부분 동물 혼령은 괜히 사람 일에 참견해서 툭 한번 건드려보고 상대가 곤란해하는 모양을 즐기는 것뿐으로 원래 힘은 미약하여 대단한 소란을 일으키진 않는다. 이럴 땐 소위 '흥정'을 해서 떨어져 나가도록 하는 경우가 많다.

한 예로, 상담자들 가운데 다름 아닌 여우한테 홀려 나를 찾아온 사람도 있었다. 밤에 일하는 직업을 가지고 있던 그의 고충은 이유 없이 '무릎이 아프다'는 것이었다. 과연 무언가가 상담자의 무릎을 물고 늘어져 있길래 자세히 보니 여우였다.

동물 혼령들이 대체로 무서운 형상을 하고 있긴 하지만 사실 그렇게 두려워할 필요는 없다. 그들의 이야기를 들어주고 "알았으니 이제 그만해." 하고 달래면 굳이 액막이 같은 것을 하지 않아도 스스로 어딘가로 사라져버린다. 위의 상담자에게 들러붙은 여우의 혼령도 그랬다. "이야기를 들어주는 대신 이제 나쁜 짓은 그만해." 이렇게 이르자 그새 직성이 풀렸는지 즉시 그 사람의 무릎에서 떨어져 나가 어딘가로 사라졌다.

이처럼 동물 혼령이 사람에게 접근하는 가장 흔한 이유 중 하나가 바로 '내 존재를 알아주기 바란다'고 하는 인정 욕구 때문이다.

동물 혼령이 들러붙은 사람에게 주로 나타나는 특징이 있다면 평소 즐기지 않던 음식이 먹고 싶어진다든지, 평소와 다른 언행을 한다든지, 성격이 다른 사람 같아진다든지 하는 경향을 보인다는 점이다. 거기다 주변으로부터 "요즘 너답지 않다"라는 소리를 자주 들으면서 스스로 좀 이상하다는 걸 깨닫는 경우도 있다.

또한 원인을 알 수 없는 두통이 지속된다거나 이유 없이 어깨가 무겁고 허리가 불편하다고 느낄 때도 동물 혼령이 들러붙어 있기 때문일 가능성이 있다. 두통이 너무 심해서 병원엘 갔지만 원인 불명 판정을 받고 나를 찾아온 사람도 있었다.

"뱀의 혼령이 들러붙어 있네요." 내가 이렇게 말하는 순간 혼령이 그 자리에서 빠져나왔고 상담자의 두통도 거짓말처럼 나았다. 그 뱀의 혼령은 분명 누군가에게 자기 존재를 알리고 싶었던 것이다.

스스로 동물 혼령의 존재를 알아차리기란 간단치가 않을 것이기 때문에 평소 그런 혼령이 들러붙지 못하도록 규칙적이고 건강한 생활 방식을 유지하는 게 좋다. 동물 혼령은 과로로 체력이 바닥난 사람, 무기력한 사람에게 들러붙기 쉬운 경향이 있다.

이를테면 불규칙한 생활이 계속되어 몸 상태가 좋지 않을 때 스스로도 '체력(에너지)이 떨어진다'고 느낀다. 가능하면 그런 상태가 되지 않도록 평소 영양 섭취에 신경 쓰고 충분한 수면을 취하는 등 컨디션 조절을 잘하기 바란다. 욕조에 소량의 소금을 넣고 소금 목욕을 하는 방법도 효과적이다.

스스로 액운을 물리치는 방법

자연 속에서 맑고 깨끗한 기운 받기

스스로 어떤 이변을 감지하고 무언가 혼령에 씐 게 아닐까 하는 생각이 들었다면 당연히 쫓아내고 싶을 것이다. 그럴 때 혼자서도 가능한 방법이 몇 가지 있다.

그 하나는, 자신에게 들러붙어 있는 혼령을 향해 "나가!"라고 단호히 말하는 것이다. 동물 혼령은 기본적으로 힘이 약해서 그런지 들러붙어 있는 사람에 대한 집착도 그렇게 강렬하지 않다. '이 사람은 나를 볼 수도 없고 얘기를 들어주지도 않아.' 이렇게 인식하고 스스로 떨어져 나가는 혼령도 많아서 단순히 직접적으로 깨닫게 해주면 그걸로 그만이다. "여기 들러붙어 있어봤자 아무것도 못해. 어서 나가!" 그러고 나서 몸 주변으로 울타리를 치는 이미지를 시연해 보이면 된다.

그럼에도 불구하고 불운이 계속된다면 기력이 떨어져 있거나 몸이 허약한 상태라는 신호다. 그럴 때는 기를 정화시켜주어야 한다. 침체되어 있는 기를 끌어올리기 위해서 근처 산이나 사찰을 찾아가는 것도 좋다. 혹은 자주 다니는 곳 주변으로 그 지역의 수호신이랄까, 지금 자신이 뿌리내리고 살고 있는 땅을 돌봐준다는 의미의 상징적 그 무엇이 있다면 거기에서 마음속으로 기도해보는 것도 좋은 방법이 될 수 있다. '항상 고맙습니다. 앞으로도 열심히 살아갈 테니 잘 지켜봐주세요.' 하고 말이다.

다만 정말로 몸이 많이 약해져 있을 때는 기운을 받으러 간 장소에서 또 다른 동물 혼령이 따라붙은 채로 돌아올 수도 있으니 그 점에 유의해야 한다. 특히 그럴 때는 지금까지 다니던 곳이 아닌 색다른 장소로 가서 새로운 기운을 받는 것도 또 다른 한 가지 좋은 방법이 될 수 있다. 늦은 시간은 피하고 오전 중에 가야 하며 '신성한 장소를 방문한다'라는 마음가짐으로 자세를 정갈히 하고 성의껏 기도해야 한다.

하지만 이처럼 평소 친근한 사찰이나 그 지역의 수호신이랄지, 찾아갈 곳이 마땅히 없다면 무엇보다 자연의 힘을 빌리는 방법을 추천한다. 내게는 매우 인상 깊이 남은 기억이 있다. 바로 설경을 마주한 경험이다. 한참 우울과 낙담에 빠져 허우적거리고 있을 때였다. 시가현의 논밭 위로 펼쳐진 새하얀 눈의 세계를 우연히 맞닥뜨린 순간, 슬프지도 않은데 저절로 눈물이 흘러넘쳤고 그와 동시에 기력이 회복되는 느낌이 들었다.

자연은 위대한 힘을 지니고 있다. 설경이 아니더라도 산이나 바다는 물론 삼림욕을 가거나 폭포가 있는 곳으로 가보는 것도 좋다.

나쁜 기운이 다가오지 않게 하는 비결

내 일과의 시작은 비가 오나 눈이 오나, 날이 맑거나 흐리거나 아침에 일어나자마자 해가 뜨는 쪽을 향해 인사하는 것이다. "좋은 아침입니다. 오늘도 여기서 이렇게 무사히 하루를 맞이합니다. 늘 지켜봐주셔서 고맙습니다."

'오늘도 여기서 이렇게 무사히 하루를 맞이합니다.' 바로 이 대목이 중요한데, 이렇듯 내 거처와 나의 존재를 알림으로써 태양과 맞닿는 기분을 느낀다. 나는 매일같이 이런 아침 인사 습관을 이어오고 있는데 그러고 나면 기운이 샘솟을 뿐만 아니라 어깨가 쫙 펴진다. 에너지를 충

전해주는 보디슈트를 입는 것 같은 기분이다. 이 인사는 오늘 하루도 잘 살아가겠다는 일종의 선언이다. 그리고 그 감각을 그대로 유지한 채 나 자신이 스스로 보호막이 되어주고 있음을 의식하며 집을 나선다.

아무것도 생각하지 않고 살아간다는 것은 무방비 상태로 살아가는 것과 마찬가지다. 나 스스로를 지킨다는 의식을 가지고 직감적으로 '저 어두운 길은 싫다'라는 생각이 들면 피하고, 지하철 안에서 '저 사람 왠지 가까이하고 싶지 않다'라는 생각이 들면 즉시 거리를 두는 게 좋다.

그런 식으로 감각을 단련시켜 위기에 빠지지 않도록 유의한다면 나 자신의 에너지를 떨어뜨리는 나쁜 기운을 방어할 수 있다. 스스로를 지키기 위해서 언제나 겸허한 자세로 살아가려는 노력이 필요하다.

무지개다리를 건넌 반려동물이
전하고 싶었던 말

우리도 그들처럼 지금, 현재를 즐기는 데 집중하면
인생이 좀 더 재미있어지지 않을까.
또한 그런 삶이 무지개다리를 건넌 반려동물들의 진귀한 마음에
보답하는 길이 될 터이다.

헤어짐은 슬프지만
사랑받아 행복했다

반려동물들은 현재를 즐기는 데 달인

반려동물을 가족처럼 여기는 사람이 많다. 자식 대하듯 이야기한다든지 개나 고양이의 사소한 동작 하나하나에 감동하고 혹여 병이라도 나면 자신은 뒷전으로 한 채 반려동물을 돌보는 데 전념하는 등 무조건적인 애정을 쏟아붓는다. 그런 소중한 반려동물이 무지개다리를 건너면 자기 자신의 일부가 떨어져 나간 것 같은 슬픔으로 의욕을 잃게 되기도 한다.

그런가 하면 반려동물 또한 그 주인의 사랑과 애정을 충분히 느끼고 살아간다. 그렇기에 무지개다리를 건널 때도 '헤어짐은 슬프지만 사랑받아 행복했다' 여기며 대부분 미련을 남기지 않는다.

떠나보낸 반려동물이 무지개다리 저편에서 잘 지내고 있는지 궁금하다거나 녀석의 목소리가 듣고 싶다며 나를 찾아온 사람도 있다. 그러면 진짜로 주인에게 감사 인사를 전하러 오는 반려동물도 있다. "사랑으로 키워주어서 고맙습니다." "턱밑을 쓰다듬어줄 때 참 행복했어요." "밥도 간식도 너무 맛있었어요." 이렇듯 전달되는 메시지도 가지각색이다.

"갑자기 떠나서 놀라셨겠지만, 실은 머지않아 무지개다리를 건너게 되리라는 걸 직감하고 있었어요. 그래서 그 사실을 알려주기 위해 평소보다 더 자주 엄마의 주변을 맴돌았답니다." 이 같은 이야기를 전한 고양이도 있었다.

그렇게 다들 저마다 자신을 길러준 주인과의 추억을 이야기한다. 그리고 저들을 보살펴준 주인이 앞으로도 행복했으면 좋겠다고 소망한다. 그러니 설령 떠나간 반려동물과 이 세상에서 함께한 시간이 짧았다 하더라도 그렇게 애달파하지 말라고 전하고 싶다. '이 아이는 우리 집에 와서 정말 행복했을까?' 생각하며 뒤돌아보는 것은 쓸데없는 시간 낭비일 뿐이다.

이들 가운데는 자신을 소중히 여겨준 주인에게 보은하고자 스스로 헌신한 반려동물도 있다. 얼마 전 무지개다리를 건넌 반려견이 아무래도 마음에 걸린다며 어느 상담자가 찾아왔는데, 강아지가 아파서 무척 고생하다 떠났다고 한다. 가만히 보니 이 경우는 상담자가 병에 걸릴 뻔하였는데 반려견이 주인에게 닥칠 화를 대신하여 병을 얻은 듯했다.

'사랑에 대한 보답을 하고 싶었다'라고 하는 마음이 전달되었는데 그 강아지는 조금도 후회하는 기색이 없었다. 어떻게 그런 일이 가능하냐며 말도 안 된다고 생각할 수 있겠지만 실제로 반려동물들에게서 간혹 그와 같은 메시지가 전달되어오곤 한다. 더구나 믿기 어렵겠지만, 그러한 역할을 지니고서 가족이 되기 위해 주인을 찾아오는 반려동물도 있다.

그렇다면 사랑하는 반려동물을 떠나보내고 난 사람은 어떻게 해야 할까. 무지개다리를 건넌 반려동물은 과연 자신을 길러준 주인이 언제까지나 슬퍼하기만을 바랄까? 그럴 리 없다. 반려동물들은 현재를 즐기는 데 달인이다. 인간처럼 과거의 일을 계속 반추하거나 하지 않는다.

우리도 그들처럼 지금, 현재를 즐기는 데 집중하면 인생이 좀 더 재미있어지지 않을까. 또한 그런 삶이 무지개다리를 건넌 반려동물들의 진귀한 마음에 보답하는 길이 될 터이다.

애정이 지나치면
반려동물은 병에 걸리기 쉽다

반려동물이 '알아차릴 수 있는 기회'를 제공해준다

애정을 너무 많이 쏟으면 손이 많이 가는 아이로 자란다는 말이 있는데 반려동물에게도 그와 같은 경향이 있다. 사실 주인의 관심과 애정이 지나치게 과하면 반려동물이 병에 걸리는 일이 잦아진다.

때로는 주인이 자신의 생활보다 반려동물을 우선시하는 경우도 있다. "강아지가 있어서 여행은 못 가." "야근해야 해서 일찍 들어가지도 못하고 집에 고양이 혼자 있는데 걱정돼 일이 손에 안 잡힌다." 이런 말들을 자주 듣는다. 또 겨울이라면 "춥지 않을까?", 여름이라면 "에어컨 바람이 너무 센 건 아닐까?" 하고 반려동물과 떨어져 있는 동안 신경이 쓰여 어쩔 줄을 모른다.

하지만 반려동물에게 있어서는 그런 것들이 '과도한 애정'으로 느껴질 수도 있다. 실제로 당사자들의 목소리를 들어보면 그리 달가워하지 않는다는 걸 알 수 있다. "조금쯤은 혼자 내버려 두어도 괜찮은데." "다른 데 좀 맡겨도 괜찮은데." 사정이 이러한데도 주인이 필요 이상으로 신경을 쓰는 바람에 반려동물은 오히려 불필요한 스트레스를 받게 된다.

그런가 하면 '내가 곁에 있어주지 않으면 안 된다'라는 사명감을 가지고 있는 사람도 있다. 하지만 그 마음이 병증과 같은 형태로 발현된다면, 그러한 강박관념 자체가 반려동물과 함께 행복하고자 했던 사람으로서도 원하는 결과는 아닐 터이다.

반려동물을 여럿 키우는 사람의 경우 그 가운데 유독 아끼는 아이가 있을 수 있는데, 가장 많은 애정을 쏟는 반려동물이 또 가장 병에 걸리기 쉽다. 물론 함께 키우는 다른 아이들도 소중하다고 생각하겠지만 아픈 아이가 걱정되기에 지나치게 신경을 쓰다 보니 갈수록 정은 더 깊어지고, 그러면 반복해서 병을 유발하게 될 뿐이다. 또 그러다 보면 다른 아이들에게 골고루 애정을 나누어주지 못하고 한 아이에게만 계속 관심을 집중하게 된다.

이런 사례도 있다. 반려동물이 병에 걸려 회복 불가능한 상태지만 그 주인이 놔주지 못하는 경우. "이 아이가 세상에 없다면 나도 더 이상 살아갈 수가 없어요." 이렇게 말할 정도로 지나치게 애정이 깊었던 주인은 "이제 그만 자연의 순리에 맡깁시다." 하는 의사의 권유도 아랑곳없이 의료 행위를 멈추지 않고 치료에 의존한 나머지 반려견의 수명을 몇 개월 연장했다.

그 주인에게 있어서는 반려견과 함께 지낼 수 있었던 귀중한 몇 개월이었을지 모르겠다. 하지만 고통 끝에 결국 무지개다리를 건넌 반려견으로부터는 정반대의 메시지가 전달됐다. "이제 그만 떠나고 싶은 마음뿐이었는데 그럴 수가 없었어요." 육체의 한계를 넘어 수명을 연장하는 것은 본래 해서는 안 되는 일이다.

주인이 아파 입원하여 집을 비운 사이 반려동물의 병이 회복된 사례도 있다. 반려견이 원인 불명의 탈모증으로 배가 맨숭맨숭해질 만큼 털이 빠져 동물병원에 다녔었는데 주인이 퇴원하고 나서 보니 새로운 털이 가지런히 나 있었던 것이다. 그렇다고 해서 그 때문에 반려동물이 주인을 비난하거나 그러지는 않는다. 그냥 묵묵히 주인이 알아차려주기를 기다릴 뿐이다.

물론 감정 이입이 돼서 과한 애정을 쏟는 행위가 잘못이라는 얘기는 아니다. 특히 자녀가 없는 부부의 가족이 된 반려동물은 실제로 자식과도 같은 역할을 떠맡는다. 반려동물 덕분에 부부 사이의 관계가 안정적으로 유지되는 가정도 있을 터이다. 그런 환경에 속한 반려동물들은 두 사람에게 사랑받는 존재, 매우 소중한 존재로 여겨지는 역할로써 자신의 사명을 다하려고 애쓴다.

하지만 역시나 지나침은 좋지 않다. 반려동물만 바라보며 사는 인생을 그들은 결코 반기지 않는다. 틀림없이 기꺼워하지 않을 것이다.

반려동물의 유골은
집 안에 두지 않는 게 좋다

반려동물과 그 주인의 동상이몽

반려동물에 대한 애정이 지나치게 깊은 사람들 가운데
는 사랑하는 반려동물의 유골을 땅에 묻을 수 없다고 말
하는 이들도 많다. 하지만 유골을 집 안에 그대로 간직하
고 있으면 반려동물은 무사히 무지개다리를 건너지 못하
고 이승을 떠돌게 된다.

반려동물을 사랑했던 어느 상담자의 이야기다. 그의 집
에는 조상 대대로 내려온 고양이 유골함이 다섯 개나 있
었다. 그 가운데는 10년도 훨씬 전에 세상을 떠난 고양이
의 유골함도 있는데 옆에는 이런저런 사진이나 물과 통조

림을 놓아두었다고 한다. 반려묘의 주인이 매일 두 손 모아 추모하는 모습도 보였다.

"꽤 많이 아끼셨나 보군요. 그래도 유골을 놓아주지 않으면 고양이들이 이승을 떠돌게 됩니다. 또 그러면 무사히 무지개다리를 건너지 못하고 다시 태어나는 시기도 그만큼 늦어지게 되지요. 한꺼번에 전부 다는 어렵더라도 그중 더 먼저 세상을 떠난 아이부터 한 구석 묘지에 묻어주는 게 좋겠습니다." 상담자에게 이렇게 전했다.

반려동물도 인간과 마찬가지로, 이미 생을 다했는데 누군가 집착을 버리지 못하고 자신들의 일부를 붙잡고 있는 사람이 있으면 그 마음에 이끌려 사후 세계로 떠날 수 없게 된다.

내 말에 상담자가 답했다. "집 안에 유골함을 둔 걸 고양이들이 기꺼워하지 않는다는 뜻은 잘 알겠습니다. 하지만 납골당이나 공동묘지는 왠지 저와 완전히 분리되는 느낌이라 관계마저 단절되는 것 같아서 영 내키지 않아요. 대신 집 안 정원에 묻으면 안 될까요?"

이승을 떠돌고 있는 고양이들에게 물었더니, 그리 반가운 얘기는 아니지만 공동묘지에 묻는 것이 주인을 우울하고 힘들게 한다면 정원도 괜찮다고 답해주었다. "그렇게 해서라도 분명하게 죽음을 받아들여 추억으로 간직해주면 좋겠어요." 그들이 바라는 바는 오직 그뿐이었다.

살아 있는 한 먼저 떠난 반려동물의 유골을 항시 곁에 두고 있다가 자신이 세상을 떠나면 사후 세계에서 함께하겠다고 말하는 사람도 있는데, 모르긴 몰라도 그렇게 되기는 어려울 것이다. 끝으로 상담자에게 이렇게 전했다.

"용기 내서 묻어주는 것으로 마음의 매듭을 지어야 합니다. '먼저 가서 기다리고 있으렴.' 하고 홀가분히 보내주면 세상을 떠난 반려동물들도 훗날 기꺼이 만나러 와줄 거예요."

사후 세계에서
반려동물을 만나는 경우도 있다

반려동물에게도 다음 생이 있다

동물이 죽으면 인간과는 다른 세계로 간다고 생각하는 사람도 많지만 우리가 '저승'이라든가 '천국'이라고 부르는 곳에는 동물들도 있다. 따라서 살아생전 함께했던 반려동물과 그 주인이 사후 세계에서 재회하는 일도 있다.

만나는 데서 그치는 것이 아니라 극소수이긴 하지만 반려동물과 강가를 함께 걷는 사람도 있다. 비할 데 없이 매우 유대감이 깊은 관계일 때 가능한 얘기인데, 이는 사실 반려동물 쪽에서의 의지가 중요하다. 주인의 부름에 따라 간다기보다 반려동물 쪽에서 '주인의 곁으로 가고 싶다'

라는 마음이 수반되어야 함께할 수 있다.

반려동물에게도 다음 생이 있다. 인간의 짝사랑만으로는 사후 세계에서 다시 만나고 싶다고 뜻대로 그렇게 되는 것이 아니다. 다만 잠자는 시간도 아껴가며 간병해주고 언제나 진심으로 사랑해주었던 기억으로, 반려동물 쪽에서 주인에게 먼저 다가가 만남이 성사되는 경우가 있다. "이쪽 세상으로 건너오면 갈 수 있는 곳까지 함께해줘야지." "저기 저 강가까지는 데려다주어야지." 이렇듯 반려동물이 사후 세계의 길잡이가 되어주는 것이다.

언제까지나 계속 함께하는 것은 아니지만 만날 수 있는 짧은 동안이라도 그 기회는 소중하다. 간혹 사후 세계에서 주인을 마중 나오는 반려동물도 있는데, 그때는 반려동물 혼자서가 아니라 생전 함께했던 가족을 동반한 모습이 보이기도 한다.

반려동물은 함께 있어주는 것만으로도 가족들을 미소 짓게 만드는 존재다. 설령 병약하다고 해도 두 눈만큼은 순수함으로 가득해서 수명이 다하는 순간까지 '즐겁게 살자'라고 하는 의지를 보여준다. 소중한 반려동물을 잃었다 해도 그들의 순수한 눈망울을 기억해주며 이 세상에서 저들이 그러했듯 즐겁게 살아갈 시간을 낭비하지 않기 바라는 마음이다.

준비된 만남과 이별

사람은 생을 마치고 긴 여행을 떠날 때까지
끊임없이 무언가에 상처받고 괴로워하며
또 그것으로부터 무언가를 계속 배워나가기 마련이다.

저마다 지닌 고유의 에너지

내가 지켜주지 않으면 안 돼

우리는 저마다 고유의 에너지를 지니고 있다. 고유의 에너지를 '영기靈氣'라고 부르는 사람도 있는데 그것이 나에게는 색으로 비치는 게 아니라, 제각기 크기나 형태가 다른 새하얀 빛이 인간을 에워싸고 있는 것처럼 보인다. 내가 해석하기로 그 빛이 바로 '그 사람을 지켜주는 힘'이다.

그 사람이 지닌 에너지의 기운이 좋은지 나쁜지는 금방 알아차릴 수 있다. "무언가 안 좋은 일이 있었군요." 상담자를 대면하는 순간 이 말부터 튀어나오는 경우가 있는데 그러면 속내를 들키기라도 한 듯 대부분 화들짝 놀란다.

어떤 문젯거리가 있는 사람의 에너지는 그 기운이 대체로 무겁게 가라앉아 있다. 또 소중한 사람을 잃고서 깊은 슬픔에 잠겨 있는 사람을 보면 에너지가 정체되어 있다는 것을 알 수 있다.

반대로, 만나자마자 "요즘 컨디션이 좋으신가 봐요." 이처럼 말하게 될 때도 있는데 그런 경우는 그 사람한테서 경쾌한 기운과 더불어 크고 강렬한 에너지가 느껴진다.

바로 이런 류의 에너지가 때때로 부부나 부모 형제를 비롯한 가족, 친구 등 인간관계의 궁합이라든지 개인의 삶 자체에 변화를 초래하기도 한다.

X씨는 에너지가 매우 침체되어 있는 상태로 상담을 왔다. "저, 결혼할 수 있을까요?" X씨가 이야기를 꺼내자마자 내게 전달된 메시지는 어떤 '폭신폭신한 물건'이었다.

나는 이게 무슨 의미일까 곰곰 생각하면서 물었다. "무언가 감촉이 부드럽고 폭신폭신한 걸 모으고 있나요?"

"봉제 인형 말인가요?" X씨의 답이었다.

X씨가 봉제 인형을 모으게 된 계기는 의붓아버지 때문이었다. 지금은 본가에서 나와 살지만 X씨는 어릴 적 의붓아버지로부터 학대를 받았다. 그 공포에서 벗어나기 위해 매일같이 봉제 인형을 모아 끌어안고 이야기를 했다고 한다. 그렇게 봉제 인형을 안고 있으면 안도감을 얻을 수 있었다는 것이다.

그녀의 결혼을 방해하는 원인은 바로 그 봉제 인형이라고 확신할 수 있었다. X씨를 가만히 살펴보니, 수십 개의 봉제 인형이 마치 살아 있는 듯 그녀를 호위하고 있었다. X씨의 부정적인 에너지가 깃들어 봉제 인형들이 영혼과도 같은 기운을 지니게 되었던 것이다.

물론 그 인형들이 직접적인 해를 끼쳤다는 얘기는 아니다. 다만 X씨가 의붓아버지한테 겁을 먹은 채 덜덜 떨고 있는 모습을 줄곧 보아왔기에 다가오는 모든 남성으로부터 그녀를 지키려 했을 뿐이다. 하지만 이 봉제 인형들한테 에워싸여 있는 한 X씨에게 이성과 인연을 맺을 기회는 찾아오지 않을 성싶었다.

"가지고 있는 봉제 인형을 전부 포기하지 않으면 배우자를 만나기 어려울 것 같아요. 그들의 소임이 끝났음에 정중히 감사의 뜻을 표하고 인형들을 모두 처분하는 게 좋겠습니다."

X씨는 얘기를 듣고 난감한 표정을 지었지만 잠시 후 체념한 듯 말했다. "알겠습니다. 집에 돌아가서 정리하도록 할게요. 그리고 가까운 절이라도 가서 인형들의 명복을 빌겠습니다."

사실 이 같은 현상은 반려동물에게도 일어난다. 반려동물한테서 마음 의지할 곳을 찾는 경우가 그렇다. 그런 주인을 만났을 때 반려동물은 '내가 이 사람을 지켜주지 않으면 안 된다'고 하는 사명감을 갖게 된다. 그러면 그러한 기운이 현실적으로 발현되어 이성에게 전혀 관심이 없어 진다거나 이성이 다가오지 못하도록 방어 태세를 취하는 일이 생긴다.

생명이 있는 것이든 없는 것이든, 마음의 지주로 삼은 무언가가 당신의 고유 에너지에 알게 모르게 어떤 작용을 초래하는 경우도 있다는 얘기다.

인간관계의 고비가 찾아왔을 때

인간관계에서 트러블이 생기는 진짜 이유

인간관계에서 트러블이 생겼을 때 '이 관계를 계속 유지해도 정말 괜찮을까?' 하는 문제로 고민할 때가 있다.

Z씨는 같은 직장에서 10년간 함께 일한 동료와의 관계로 괴로워하고 있었다. 10년 전, 함께 일하기 시작하던 그 즈음 공교롭게도 두 사람 모두와 친한 친구가 세상을 떠난 일이 있었던 터라 그때만 하더라도 Z씨에게 그 동료는 다른 사람한테 말 못 하는 속내를 서로 털어놓고 이야기할 수 있는 소중한 상대였다.

그런데 최근 1년쯤 전부터 그 친구가 Z씨를 대할 때마다 비판적이고 단정적인 투로 말을 한다는 것이었다. "그렇지 않아. 그건 오해야." 아무리 설명하려고 해도 "아니, 넌 그런 사람이야." 하며 일방적으로 단정 지어버린다고. Z씨는 친구의 그런 갑작스러운 태도 변화가 당황스러웠던 한편으로 그토록 신뢰해온 상대에게 공연히 책잡히고 사사건건 비난받으니 참을 수가 없었다. 또 그러다 보니 자연히 점차 거리를 두게 되었다.

Z씨를 가만히 살펴보니, 그 동료가 Z씨를 '라이벌의 관점'에서 대하기 시작했다는 것을 감지할 수 있었다. Z씨보다 경력도 많고 선배인 자기 쪽이 우위에 있다 여기고 있었는데 Z씨가 회사 내에서 두각을 드러내기 시작하자 점점 미워하는 감정이 생겨났던 모양이다. 이대로라면 대세가 역전될지 모른다는 초조함도 한몫하여 Z씨를 밀어내는 어투로 말을 하게 돼버렸던 것이다.

원래 두 사람이 가진 에너지의 기운은 궁합이 그리 좋지 못했다. 거기다 노력파로 꾸준히 자신을 연마하며 성장해나가는 타입이었던 Z씨와 늘 편안하고 안락하게 지내는 삶을 추구해온 그 친구는 서로 유형이 달랐다. 쉽게 말하자면 두 사람이 지닌 에너지 역량의 무대가 달랐다고 하겠다.

지금은 Z씨 쪽이 조금 더 높은 무대에 서 있었다. 다만 10년 전에는 두 사람이 비슷한 역량의 무대에 올라 있어 친구를 떠나보낸 아픈 경험으로부터 이따금 서로를 위로하면서 '일시적'으로나마 마음을 주고받는 관계가 이어져왔을 뿐이다. 그러니까 최근 Z씨가 느끼고 있는 거리감이 곧 '일시적' 기간의 종료를 알리는 신호였던 셈이다.

Z씨에게는 이렇게 전했다. "앞으로 자신을 굽히고 관계를 이어나가고자 해도 그 사람으로부터 달갑지 않은 반응이 되돌아올 뿐입니다."

과거에 아무리 관계가 좋았다고 하더라도 서로가 가지고 있는 에너지 역량의 무대가 달라지면 어느 순간부터 상대의 말이 푸념으로밖에 들리지 않아 버겁게 느껴진다거나 부담스러워진다. 상대가 매번 말꼬리를 잡고 늘어지는 것만 같다거나 내 이야기를 순수하게 들어주는 것 같지 않다고 느껴질 때, '소중한 시간 낭비만 하고 있는 게 아닐까?'라는 생각이 든다면 그 마음이 곧 그 사람과 계속 친분을 이어갈 것인지 말 것인지의 지표가 된다.

에너지 궁합이 맞지 않는다는 것을 서로 간에 알아차리면 조만간 헤어지는 시기가 온다. 그 시점에서 용기 내어 한 걸음 더 내디디면 또 다른 새로운 만남은 반드시 찾아온다. 또한 쓸데없는 기력 소모가 줄어들어 자신의 에너지 기운도 강해진다. Z씨 역시 뒤돌아보지 말고 앞을 향해 나아간다면 인간관계뿐만 아니라 업무적인 측면에 있어서도 틀림없이 좋은 변화가 생길 것이다.

상처받더라도 '고마워'

인간관계의 트러블에 관한 문제인데, 에너지 궁합이 맞지 않는 상대로부터 괜한 트집이 잡혀 사과할 이유가 없는데도 사과한 일을 후회하고 있다는 E씨의 사례다.

이전에 E씨가 또 다른 상담으로 찾아왔을 때 보인 이미지를 나는 이렇게 전달했었다. "조만간 달갑지 않은 일이 일어날 듯합니다. 상담자분과 어떤 관련이 있는지는 몰라도 눈동자가 반짝반짝한 사람이 보이네요."

그리고 다음번 찾아왔을 때 그 말이 맞았다면서 E씨가 전후 사정을 털어놓았다. "사토미 씨 말대로 정말 그런 사람과 관련된 일이 일어났어요."

눈동자가 유독 반짝반짝한 그 사람은 지역 봉사자 가운데 중심인물이었다. 평소 그와 의견차를 느끼고 있던 E씨는 자기 쪽에서 먼저 다가가지 않도록 유의하며 지냈다고 한다. 그런데 어느 날 그 사람한테 불려가서 황당한 소릴 듣고 머릿속이 새하얘졌다. "네가 한 말 때문에 상처받았어. 이대로는 봉사활동을 더 이상 지속할 수 없을 것 같아. 난 여기서 그만 손을 뗄까 해." 아무리 생각해봐도 그럴 만한 행동을 한 기억이 없는데, E씨 입장에선 얼토당토않은 얘기라 어이가 없을 뿐이었다.

그런 말 한 적 없다고 아무리 설명해도 아랑곳없이 상

대는 "네 탓이야." 이 말로 일관했다. 한쪽에선 "말했다." 또 한쪽에선 "말하지 않았다." 그렇게 한동안 입씨름이 계속되었다. 하지만 압박감에 못 이겨 끝내 E씨가 굽히고 사과하자 상대는 기세등등한 표정으로 돌아갔다고 한다.

"그로부터 2주 동안 그 생각이 머릿속을 떠나지 않아 밤엔 잠도 오지 않았어요. 잘못한 게 없는데도 '미안하다'고 말해버린 거예요. 스스로 자존심에 상처를 내다니, 지금도 그런 저 자신을 용납할 수가 없습니다."

E씨의 이야기를 듣는 동안 그 상대가 E씨에게 사과받을 목적으로 시비를 걸고 있다는 걸 알게 되었다. 진상을 파악해보자니, 봉사단체 내에서 어느 정도 인맥을 쌓기 시작한 E씨의 존재가 눈에 거슬렸던 것. 그래도 E씨가 사과를 한 게 그나마 다행이었다. 그 일로 2주간이나 고통받았으니 힘들었겠지만 반대로, 사과하지 않았으면 상대는 목적을 달성하지 못했기에 더욱 오랫동안 계속해서 E씨를 괴롭혔을 것이다. 그렇게 되면 E씨의 에너지도 점차 피폐해져서 기운이 떨어지기만 할 터였다.

그리고 한 가지 더 다행인 것은 상대가 멋대로 불러일으킨 트러블 덕분에 앞으로 무리해서 그 사람과 관계를 이어나가지 않아도 문제없게 되었다는 점이다. 얼마나 귀히 주어진 인생인데, 상대하기 싫은 사람에게 시간을 할애하는 것만큼 아까운 것도 없다. 그렇게 생각하면 오히려 '미움받아서 다행'일 수도 있지 않을까.

"상대방으로 인해 관계를 끊을 수 있는 계기가 마련된
데 대해 '고맙다' 여기고 앞을 향해 나아가세요."

이렇게 전하자 E씨는 다음과 같이 말하고 웃는 얼굴로
돌아갔다. "이제야 겨우 홀가분해졌습니다. 오늘부터는 푹
잘 수 있을 듯하네요!"

인간관계에는 '악역'도 필요

아무렇지도 않게 남을 괴롭히고 상처 주는 사람과 얼
굴을 맞대며 지내야 한다는 건 한편으로 서글픈 일이기도
하지만, 그것이 더 발전적인 다음 스테이지로 나아가기
위해 필요한 과정이라고 생각하면 견뎌내기가 좀 더 수월
할지 모르겠다. 나에게도 이와 같은 경험이 있다.

스피리추얼 텔러 활동을 시작하기 전 유명 제조 회사에
서 재단사로 근무하던 때의 일이다. 나는 직장에서 매우
심한 괴롭힘을 당했다. 몇 개 조로 나뉘어 작업을 하는데
몇 년에 한 번씩 조 편성이 바뀔 때마다 나를 괴롭히는 사
람들이 늘어갔다.

그래도 나는 내가 불행하다고 생각하지 않았다. 교토에
서 가장 일해보고 싶었던 회사에서 근무할 수 있게 되었

기 때문이다. 좋아하는 일을 할 수 있다는 게 기뻐서 아무리 괴롭힘을 당하더라도 언제나 싱글벙글했다. 다만 스트레스가 스스로 생각했던 것보다 컸던지 원형탈모증이 생겨 머리가 두 군데나 벗어진 적이 있었다.

산이나 절에 가면 종종 볼 수 있는데, '결계結界'라는 영역이 있다. 신성한 장소와 그렇지 않은 장소를 가르는 어떤 울타리 같은 것으로, 나는 내 안에 요새와도 같은 그 울타리를 만들었다. 단단하고 투명한 구형의 물체를 울타리 삼아 그 안에 들어가 보호받는 나 자신을 상상하며 매일 집을 나서곤 했다.

직장에서 험한 말을 듣거나 괴롭힘을 당하더라도 그 구체가 외부의 장애물들을 완강하게 물리쳐주는 이미지를 떠올릴 수 있었다. 그렇게 괴롭힘을 견뎌내며 그 직장에서 6년여를 지냈다. 그러다 한번은 도저히 용납할 수 없는 사건이 일어나 스스로 만들어온 '결계'마저도 빛이 바래 결국 퇴사를 결심했다.

수입이 안정적이었던 회사를 그만둔다는 게 불안했지만 그제야 비로소 '지금 내가 할 수 있는 일은 영적 능력을 이용해 사람들을 돕는 것'이라는 신념 하나로 살아나갈 각오가 생겼다. 직장 내 괴롭힘은 내가 스피리추얼 텔러로서 본격적으로 활동해나가기 위해 필요한 과정이었다고 생각하니 지금 와서는 오히려 감사할 정도다.

살다 보면, 자신이 진정 원하는 쪽으로 방향키를 돌리는 과정에서 어쩌면 불운으로 비칠지도 모르는 사건이 일어나는 때가 종종 있다. 그 순간만큼 상처받는 것은 당연한 이치지만, 그 일로 인해 자신에게 있어 중요한 게 무엇인지 깨달음을 얻게 된다.

이처럼 인생 공부가 된 쓰라린 경험은 생에 한두 번쯤이 아니라 필요하다면 몇 번이고, 또 아무리 나이가 들어서라도 맞닥뜨릴 수 있다.

인생이란 50년, 60년을 살았다고 해서 배움이 끝나는 것이 아니다. 사람은 생을 마치고 긴 여행을 떠날 때까지 끊임없이 무언가에 상처받고 괴로워하며 또 그것으로부터 무언가를 계속 배워나가기 마련이다.

기한이 정해진 인연이라면

마음 정리를 위한 적절한 타이밍

일본에는 파워 스폿(자연의 영험한 힘을 가지고 있는 장소로, '기氣'를 받을 수 있는 곳)이라 불리는 지역이 몇 군데 있다. 그 가운데 야쿠시마(일본 가고시마현에 있는 섬)라든가 후지산(휴화산으로 일본에서 가장 높은 산) 등은 실제로 에너지가 강하고 아름다운 기운이 가득한 곳이다.

하지만 그러한 장소는 또한 사람을 선별한다. 그곳에 가는 사람의 에너지가 부정적인 쪽으로 치우쳐 있다거나 침체되어 있으면 기운을 받을 수 없게 되기도 한다.

P씨는 7년간 부부로 살았던 남편과 야쿠시마에서 결정

적인 이별을 경험했다. 2년 전쯤부터 사소한 일들로 서로 신경전을 벌이곤 했는데 딱히 다툼까지 가진 않더라도 부부 관계가 좀처럼 순조롭지 않았다고 한다. 하여 신비롭고 역동적인 자연의 공기 속에서 나쁜 기운을 떨쳐버리고 싶다는 생각에 남편을 설득해 길을 나서기로 했다.

그런데 출발하기 일주일 전에 그만 심한 부부싸움을 하고 말았다. 그래서 '이번 여행은 연기하는 게 좋겠다'는 생각이 스쳤지만 '아니야, 역시 가는 게 좋겠어. 안 그러면 나중에 후회할지도 몰라.' 하는 쪽으로 다시 마음이 기울어 결국 길을 나섰다. 하지만 막상 가고 보니 웅장한 자연 속에서 눈에 들어오는 것은 상대의 싫은 면모뿐이었다.

"불안과 초조함이 쌓여 마침내 서로 악다구니를 퍼붓다가 최악의 상태에서 헤어 나오지 못하게 되었어요. 그게 결정타가 되어 부부 사이의 관계를 개선할 여지도 없이 그길로 이혼을 해버렸지요. 무리해서 결행한 제가 잘못한 걸까요?"

P씨의 이야기를 들으면서 우선 내게 전달된 메시지는 이랬다. 부부 사이의 응어리에 관한 답을 야쿠시마가 대신해주었다는 것. 여하튼 야쿠시마는 인생관을 바꿔준다고 부를 만큼 신비한 장소의 대표격이다. 그런 야쿠시마를 부부가 석연치 않은 마음 상태로 방문했기 때문에 다툼은 당연한 결과였다고 본다.

"야쿠시마가 품은 자연의 에너지가 두 분을 일부러 더 불안하고 초조하게 만들어준 것 같네요."

그러자 P씨가 말했다. "어차피 관계가 회복되지 못할 걸 알고 헤어질 시기를 앞당겨준 걸까요?"

하지만 내게 비친 P씨 부부의 기운은 '기한이 정해진 인연'이었다. 분명 좋은 때도 있었을 테지만 벌써 한참 전에 그 인연은 끝나 있었던 것 같다. 그렇기에 P씨의 잘못도, 또 P씨 남편의 잘못도 아니다. 냉정하게 들릴지 모르겠으나 인생이라고 하는 제한적인 시간을 서로 사모하지 않는 상대를 위해 쓰고 싶지는 않은 게 인지상정이다. 각자 인생을 가자고 결정한 건 옳은 선택이었다.

"야쿠시마에서 일어났던 일에 대해 감사하고 스스로 말끔히 일단락 지어주세요."

그러자 P씨가 말했다. "그렇게 말씀해주시니 홀가분해졌습니다."

비단 P씨에게만 해당하는 이야기가 아니다. 파워 스폿이라고 불리는 장소에 갔는데 거기서 트러블이 끊이질 않았다거나 예상치 못한 일이 일어났다고 하는 사람이 적지 않다. 이는 한편으로 안 좋은 징조로 여겨질지 모르겠으나 어차피 일어날 일에 대해 그 지역의 자연적 기운이 시기를 앞당겨주었을 뿐이라고 볼 수도 있기에 결과적으로 옳은 선택이었을 것이다.

다만 그렇다고 파워 스폿에 가기만 하면 문제가 다 해결되는 건 아니다. 파워 스폿을 찾아가는 데는 '적절한 타이밍'이라는 게 있다. 순수하게 기대하고 기다리던 계획이었다고 해도 일정이 다가옴에 따라 '어쩐지 마음이 내키지 않는다' 하는 생각이 든다면 그 시점은 본래 갈 타이밍이 아니었던 경우가 있다.

결국 '갈 수 있었다는 것' 자체가 타이밍이 좋았음을 나타내는 게 아니라 그곳에 갈 때의 마음가짐, 즉 에너지의 상태가 타이밍을 결정한다고 할 수 있다.

파워 스폿은, 망설여진다면 차라리 가지 않는 쪽이 안전하다. 갈피를 못 잡고 있는 상태로 방문하면 그 시점에서 마음이 뒤를 돌아보게 된다. 반면 P씨처럼 '망설여져도 가고 싶다. 가지 않으면 후회할 것 같다.' 하는 생각이 든다면 그 파워 스폿에서 무슨 일이 벌어져도 그것은 그 사람에게 있어 필요한 일이다.

스물아홉

균형 잡힌 일상

스스로 에너지를 조절하는 방법

"최근 안 좋은 일이 연거푸 일어나는데 어쩌면 좋을까요?" 이런 문제로 상담을 오는 경우도 많은데 그런 말을 자주 하는 사람들에게는 다음과 같이 전한다. "저를 찾아오시기 전에 스스로 한번 기운을 조절해보면 좋을 것 같습니다." 아무리 봐도 내 쪽에서 해결해줄 수 있는 게 아무것도 없기 때문이다.

트러블을 일으키는 원인이 세상을 떠난 사람의 영혼일 때도 있고 다른 혼령의 소행일 때도 있지만, 정작 본인의 마음가짐이 흐트러져 있다거나 에너지의 기운이 좋지 않은 탓으로 연달아 트러블에 연루되는 경우도 있다. 그럴 땐 본인 스스로 노력해서 벗어나야 한다. 에너지를 끌어 올려 흐트러진 몸과 마음을 개선해갈수록 트러블은 점차 줄어들어 안정감이 깃든다.

스스로 에너지를 조절하는 방법은 지극히 간단하다. 우선 규칙적인 생활을 유지하는 것이다. 잘 먹고, 잘 자고, 적당히 햇볕도 쬐어주고, 평소 인사도 잘하고…… 당연한 일들 같지만 이런 일상적인 것들이 유지되지 않으면 에너지의 흐름이 막히거나 무겁게 가라앉아 뭔가 고민거리로 끙끙 앓는다든지 몹시 우울해진다든지 하는 일이 의외로 많이 생긴다. 그러면 점점 더 안 좋은 현상이 벌어져 상황은 악화되기 마련이다.

그러니까 예를 들어 매일 아침 정해진 시간에 일어나 제대로 아침 식사를 하고 밤에는 일찍 잠자리에 드는 것, 이 세 가지를 지속하는 것만으로도 흐트러졌던 에너지의 기운이 균형을 이룰 수 있다. 그렇게 삶의 토대가 되는 일상생활을 착실히 유지해나가다 보면 마음의 여유가 생겨서 불안과 짜증, 초조함 때문에 생기는 트러블은 확실히 줄어든다.

그 밖에도 식사할 때는 천천히 시간을 들여서 한다든가, 산책을 일과로 삼는다든가, 주기적으로 심호흡이나 명상을 한다든가, 항상 웃는 얼굴을 하도록 애쓴다든가, 화장실을 매일 청결하게 한다든가, 등등 무엇이든 좋다. 이런 작은 행동부터 실천함으로써 몸과 마음의 균형이 가지런해지는 셀프 케어 방법을 터득해 습관화하는 생활이 매우 중요하다.

나에게 맞는 기도처

평소 잘 가는 산이나 사찰이 있으면 그곳을 방문하는 것만으로도 몸과 마음의 에너지를 재정비할 수 있다.

어느 상담자의 이야기다. 경영하던 음식점이 갑자기 영업 부진으로 힘들어진 데다 건강도 나빠져 가게에 나갈 수조차 없게 되는 등 심각한 트러블이 계속되었다. 그런 가운데 가게 가까이 있는 사찰을 찾아 "기운을 좀 다스려 주세요." 하고 매일 기도했더니 어느새부터인가 우선 아침에 눈을 뜨면서 어떤지 기분이 개운해지고 이어 몸 컨디션도 점차 좋아졌다고 한다.

그러면서 지금의 가게 상황을 냉정하게 다시 돌아보게 되었고, 위기를 극복하기 위한 아이디어를 모색해 영업점문을 닫지 않고도 문제를 해결해나갈 방법을 찾았다. 자주 방문해 친숙한 그 지역 수호신의 에너지가 매일 기도하러 오는 상담자에게 맞닿아 염원에 대한 응답으로 그 사람의 에너지를 최상의 상태로 끌어 올려준 덕분이다.

다만 앞서 이야기한 바와 같이 당시 본인의 기운이 몹시 쇠약해져 있으면 애써 찾아간 사찰에서 부정적인 에너지를 받아 오는 경우가 있으니 유의해야 한다. 사찰은 별별 사연의 사람들이 찾아와 기도하는 곳이기에 여러 가지 '욕심'도 소용돌이치고 있어 거꾸로 나쁜 기운을 흡수해버리게 되는 일도 있다.

또한 사찰의 기운과 그곳을 찾아간 사람의 궁합이 반드시 좋다고 단정 지을 수도 없다. 친한 친구와 함께 서로 다정하게 "여기가 유명하니까." "파워 스폿이니까." 하면서 같은 사찰을 찾더라도 둘 중 한 사람만 갑자기 두통이 생긴다거나 돌아가는 길에 기분이 나빠진다거나 하는 일이 일어날 수 있다.

사실 이러한 위화감이 '있고' '없고'가 분명하게 나뉘는 곳이 사찰이다. 몇 번쯤 방문해봤는데 매번 낯선 느낌을 받는다면 '나와는 맞지 않는 곳이다'라고 생각하는 쪽이 옳다.

반대로 자신의 기운과 궁합이 잘 맞는 사찰을 만나면, 이를테면 대웅전 앞에 커튼처럼 드리워 있는 장막이 바람도 불지 않는데 흔들린다거나 뒤집혀서 안쪽을 들여다볼 수 있게 되는 경우가 있다. 그것이 곧 신에게 환영받고 있다는 신호다.

궁합이 잘 맞는 사찰을 발견했다면 혼자서 방문하기를 권한다. 누군가와 함께할 때라도 사찰 입구의 일주문을 통과해 들어가는 순간부터 그곳을 나올 때까지 대화는 금물이다. 사찰은 그만큼 신성한 장소로 침묵은 신에 대한 예의이기 때문이다.

"사찰은 신께서 기를 정화해주는 곳이기 때문에 경건한 자세로 경내에 들어가는 것이 좋습니다." 상담자에게는 항상 이처럼 일러둔다. 한 달에 한 번이라도 그런 마음가짐으로 사찰이나 산사 또는 그와 같은 자기만의 기도처를 찾는 습관이 있는 사람은 아무리 피로에 지쳐 있는 상태라도 에너지의 균형이 유지되고 있는 걸로 보인다.

한을 품으면

원한도 사지 말고 원망도 품지 말아야

의도치 않게 다른 사람으로부터 원한을 사는 경우가 있는가 하면, "그 사람 때문에 내가 이런 재수 없는 일을 당했다." "사과할 사람은 그쪽이다." 이렇듯 때로는 자신이 다른 누군가를 원망하게 되는 경우도 있다.

하지만 그러한 일이 점차 확대되어가면 '한'이라고 할까, 상대에게 무서운 부정적 에너지를 띄워 보내고 마는 경우가 생기기도 한다. '한'에 가까운 그런 강한 기운이 타인에게 악영향을 미치는데 그것이 곧 살아 있는 넋, '생령生靈'이다.

신체 가운데서 생령이 가장 들러붙기 쉬운 부위는 머리
다. 이를테면, 연애 문제로 증오심이 격화된 사람의 생령
이 원한을 품은 상대의 머리를 물고 늘어져 있거나 머리
위에 뱀처럼 똬리를 틀고 있는 이미지가 보일 때도 있다.

"갑자기 머리가 아파서 꼼짝도 못 하겠어요." 하는 상담
자의 호소에 가만히 들여다보니 머리 위에 '좋아하는 남
자를 빼앗긴'데 대한 원한을 가진 사람의 생령이 들러붙
어 있던 경우가 있었다.

"긴 머리에 키가 큰 여자분이 보이네요."

보이는 그대로 전하자 이런 대답이 돌아왔다.

"아아, 그 사람이 누군지 알겠어요." 질투에 사로잡힌
생령의 얼굴은 보기 흉할 정도로 일그러져 인간이라고 하
기보다 짐승에 가까운 형상을 하고 있었다.

또 어떤 상담자는 매일 밤 악몽을 꾼다면서 나를 찾아
왔다. "직장에서 선배 여직원한테 심한 괴롭힘을 당해 그
문제로 상사에게 도움을 청하려고 했는데 보고도 못 본
척 무시하는 거예요. 육체적으로도 정신적으로도 한계가
느껴져 그 일을 계기로 회사를 그만두고 집 안에 틀어박
혀 우울한 기분으로 지내고 있는데 그때쯤부터 계속 반복
해서 똑같은 꿈을 꾸게 됐어요."

그 꿈인즉슨, 자신이 어떤 낯선 남녀의 머리에 칼을 들
이밀고 있는데 당장이라도 베어버릴 듯한 기세였다는 것

이다. 잠을 깬 이후까지도 체력 소모가 극심해 집 밖으로는 거의 한 발짝도 나가지 못하고 있는 형편에 그런 생활을 지속한 지도 벌써 한 달이 넘었다며 괴로워했다.

가만히 살피니, 상담자를 괴롭혔다고 하는 직장 선배와 그 일을 못 본 체한 상사로 여겨지는 사람의 머리에 상담자의 생령이 들러붙어 있는 모습이 보였다. 실은, 상담자 자신이 두 사람에게 원한 실린 생령을 띄워 보내놓고 그 양상을 꿈에서 보고 있었던 것이다. 그 이야기를 전하자 상담자는 눈이 새빨개지도록 핏대를 세우고 말했다.

"그럴 리가 없어요! 피해자는 전데요?" 그러다가는 금세 다시 다음과 같이 말한 뒤 돌아갔다. "그래도 진상 파악을 좀 해보고 싶네요. 그 두 사람에게 무언가 변화가 있지는 않은지 옛 동료에게 물어봐야겠어요."

그리고 다음번 찾아왔을 때 상담자가 말했다.

"설마 하고 생각했는데 사토미 씨 말이 맞았어요. 자세한 이유는 모르겠지만 그 선배도 당분간 회사를 쉬고 있는 것 같더라고요. 물론 그 두 사람을 원망하고 있었던 건 사실입니다. 그렇지만 생령을 띄워 보내다니, 전혀 의식하지 못하고 있었어요."

하지만 그만큼 살아 있는 사람의 에너지는 강하다. 세상을 떠난 사람의 영혼이 지닌 에너지에 비할 바가 아닌 것이다.

그 대신 강한 부정의 기운을 발산한 장본인도 기력 소모가 크기는 마찬가지다. 원망하는 쪽도 원한 사는 행동을 하는 쪽도, 양쪽 모두 영향을 받는다.

그 상담자에게 있어서 다행인 것은 꿈의 수수께끼가 풀리고 난 이후 더 이상 같은 꿈을 꾸지 않게 되었다는 점이다. 옛 직장 선배와 상사의 머리에 들러붙어 있던 생령도 동시에 떨어져 나갔을 터이다. 이로써 마음이 홀가분해져서일까, 상담자는 다음과 같이 이야기하고 돌아섰다.

"이미 지나간 일인데 언제까지나 마음속에 묻어두고 있어봤자 별다른 도리가 없겠죠. 이제 슬슬 재취업을 위해 행동 개시를 해볼까 합니다."

서른하나

'좋은 인연'을 찾는 방법

자신에 대한 원망의 감정을 내려놓는 순간

자신이 잘못한 게 분명한 일을 저질렀을 경우 '상대로부터 원한을 사고 있다'고 생각해 죄책감 때문에 버릇처럼 부정적인 사고를 하는 사람도 있다.

S씨는 오래전 가정이 있는 남자와 불륜을 저지른 시기가 있었다. 남자는 S씨를 선택해 아내와 2년에 걸친 진흙탕 싸움 속 재판을 벌이다가 끝내 이혼했다. 하지만 그 후 S씨와 남자는 서로에 대한 감정이 오래가지 못해 결국 두 사람 또한 결별에 이르고 말았다.

"그로부터 10년이 지났는데 아직도 죄책감에서 벗어나

지 못하고 있어요. 한 가정을 무너뜨리고 어린아이들을 외롭고 쓸쓸하게 만들었으니 당연한 응보일지 모르겠지만……" 상담을 온 S씨가 속마음을 털어놓았다.

사실 S씨와 비슷한 상황의 상담 건이 적지 않다. 한때 불륜의 과오를 범하고 이후 "결혼하고 싶어도 연이 닿지 않는다"라고 말하는 사람들 가운데는 그 불운이 가정 파괴에 대한 원한을 품은 부인의 생령 때문인 경우도 실제로 있다. 다만 '자기 때문에 상대방의 가정이 무너졌다'라고 하는 무거운 부채가 스스로 에너지 균형을 틀어지게 하여 아무리 노력해도 새로운 만남을 시도하지 못함으로써 악순환에 빠져버리고 마는 사람이 압도적으로 많다고 할 수 있다.

S씨도 그중 한 사람이었다. 하지만 남자 측도 불륜으로 치닫게 된 이유가 있었던 모양이다. 퇴근 후 집에 들어가도 자신이 설 자리가 없었는데 가족끼리의 대화에 끼려고 하면 식구들이 달가워하지 않았다. 그런 생활이 몇 년이고 지속되다가 이따금 만나던 S씨에게서 안식처를 찾았던 것이다.

S씨 또한 당시 실연으로 몹시 낙담해 있었던 터라 자신을 다정하게 감싸 안아준 남성의 호의를 스스럼없이 받아들이고 싶었다. S씨는 그때 그 사람이 없었다면 매일매일의 삶이 괴로웠을 거라고 말했다.

각자 그러한 처지로 만났기에 두 사람의 에너지가 서로를 끌어당겼다고 할 수 있다. 그렇다고 해서 불륜을 긍정하는 것은 아니지만 S씨에게는 다음과 같이 전했다. "과거자신의 행동을 무리해서 부정할 필요는 없습니다."

신기하게도 스스로가 자신에 대한 원망의 감정을 내려놓는 순간, 그야말로 쇳덩이처럼 무겁게 들러붙어 있던 물건이 떨어져 나간 듯 쇠약해 있던 에너지가 활력을 얻기 시작함으로써 운명의 만남을 불러오는 수도 있다.

'이 두 사람은 함께하면 틀림없이 행복해질 운명이다'라고 하더라도 당연히 처음부터 그 상대와 만날 수 있는 것 또한 아니다. 나를 찾아온 상담자들 가운데는 만남의 순서가 늦어졌을 뿐 두 사람 모두 이혼을 경험한 뒤 몇 년이 지나서야 마침내 진짜 인연으로서 마주하게 된 커플도 있었다.

그 두 사람이 결합하는 과정에는 양쪽 다 가족과 슬픈 이별의 경험도 있었을 테지만 과거의 자신을 부정하지 않고 밝게 인생을 살아나가다 보면 보이지 않는 세계에서도 분명 응원해줄 거라고 믿는다.

서른둘

악연을 단절하는 방법

밀어내려고만 하지 말고 인정하는 게 중요

부모님이 돌아가신 후 윗대에서 물려받은 악연을 끊어 넘으로써 새로운 인생을 살아가는 사람도 있다.

V씨는 아들과 딸, 두 자녀를 두었는데 아무리 애를 써도 딸한테만은 다정하게 대해지지 않는다는 고민으로 나를 찾아왔다. 상담 중 대뜸 "어머니"라고 하는 단어가 들려오기에 V씨한테 물었다.

"V씨의 어머니와 V씨, 두 분 모녀 관계는 어떠셨나요?"

그러자 답하기를, 철이 들 무렵부터 매일같이 어머니한테 혼이 나면서 맞고 울었는데, 그럼 운다고 또 혼이 나 정말 지옥 같은 날들이었다는 것이다. 그러다 고등학교 졸업과 동시에 집을 나왔고, 얼마간은 사는 곳도 알리지 않았다고 한다. 그리고 그렇게 관계가 소원해진 채로 어머니가 돌아가시고 말았다.

이후 V씨는 결혼하여 아이 둘을 낳았다. 그런데 아들한테는 무조건적인 사랑을 퍼부으면서도 딸아이에게만은 어쩐지 정이 가지 않는다고.

"딸아이를 향해 몇 번이나 손이 올라가려고 하는 저 자신과 어릴 적 엄마 모습이 겹치면서 무서워지는 거예요. 감정을 겨우 억눌러도 겁에 질린 눈으로 저를 쳐다보는 딸아이한테 또다시 화가 치미는 겁니다." 이렇게 말하면서 당장이라도 눈물을 쏟을 것만 같았다.

나는 메시지가 전달되는 대로 말했다.

"인연은 선조 대부터 대물림되기 마련인데 거기에는 좋은 인연도 나쁜 인연도 있습니다. 하지만 '그렇다면 하는 수 없지'라고 체념해버리고 말 게 아니지요. 나쁜 인연의 기운을 좋은 기운의 흐름으로 바꿀 수도 있어요. 지금이라도 용기 내서 돌아가신 어머니와의 연을 끊어낼 수 있다면 따님에 대한 감정도 변화가 생길 거예요."

"하지만 어떻게요?"

V씨의 물음에 나는 다시 한번 메시지를 전했다.

"돌아가신 어머니를 용서할 수 없는 마음은 당연합니

다. 지금에 와서 어머니를 좋아하게 될 리도 만무하고요. 다만 어머니가 계셨기에 V씨가 태어났고 또 지금의 아들딸이 태어난 것만은 틀림없는 사실이잖아요? 그 사실을 받아들여보세요. 그러면 어머니와의 연이 끊어질 겁니다. 그러니까 다시 말해서, 어머니를 원망하는 감정이 점차 옅어짐으로써 V씨 마음속 커다란 한 부분을 차지하고 있던 어머니의 존재도 서서히 사라져가는 거죠. 그러면서 자연히 V씨의 에너지도 건전한 상태로 돌아오는 거고요. 그렇게 되면 어머니의 지배나 간섭에서 벗어나 자유로워질 겁니다. 그리고 따님에게 폭력을 가하려고 하는 감정도 조금씩 사라질 거예요. V씨의 에너지 흐름이 바뀌면 따님도 그걸 민감하게 느끼고 서로 아끼는 마음을 갖게 될 겁니다. 반대로 계속해서 어머니를 거부하면 어머니와 맞닿아 있는 악연의 기운은 더욱 강해집니다. 그러니 어머니를 무조건 밀어내려고만 할 게 아니라 일단 인정하는 것이 중요해요."

그러자 줄곧 심각한 표정이던 V씨의 얼굴이 옅은 미소와 함께 조금씩 풀어졌다. "알겠습니다. 딸아이를 위해서라도 용기 내어 노력해볼게요."

그 후 다시 방문했을 때 V씨의 밝은 표정을 보고 안도감이 들었다. 이야기를 들어보니, 그때 이후로 어머니의 존재가 거의 신경 쓰이지 않게 되었다고 한다.

"저의 태도가 변하고 딸아이도 처음에는 어리둥절해하는 듯했지만 점차 편안한 모습을 보이더라고요. 그러더니 요즘은 딸아이가 먼저 응석도 부리고 그런답니다. 게다가……" V씨가 잠시 멈추더니 말을 이었다. "사실은 남편과도 관계가 순탄치 않아서 그간 대화가 없었는데 이제 스스럼없이 이야기 나눌 수 있게 되었어요. 이것도 엄마와의 악연을 끊어낸 덕분일까요?"

얘길 들으며 가만히 살펴보니, 원래는 좋은 인연으로 맺어진 부부였는데 아이가 태어나고부터 V씨의 에너지가 점차 고갈되어감에 따라 남편과 어떻게 상대하면 좋을지 갈피를 잡지 못하고 혼란스러웠던 듯하다. 이런 사정을 전하자 V씨는 다음과 같이 말하고 돌아갔다.

"이번 일로 남편과 아이들의 소중함을 새삼 실감했어요. 힘든 시기도 있었지만 앞으로는 헤매지 않고 저의 인생을 제대로 걸어 나갈 수 있을 것 같습니다."

용서의 한마디

V씨처럼 부모에게서 이어받은 악연을 끊어냄으로써 에너지 흐름이 바뀌어 좋은 인연을 되찾게 되는 경우도 있다.

W씨는 어릴 적 부모님이 이혼해 언니와 함께 아버지에

게 맡겨졌는데 함께 살고 있던 할머니가 키워주셨다고 한
다. 엄마와는 그 이후 만남이 금지되어 그대로 생이별을
하고 말았다. 그런데 최근 엄마가 돌아가셔서 "엄마와 이
야기 나누고 싶다"며 나를 찾아온 것이었다.

어머니는 당신 손으로 두 딸을 키우지 못한 데 대해 계
속 사과하면서도 한편으로는 딸들을 보고 무척이나 기뻐
하셨다. "드디어 이렇게 만났구나. 이런 기회가 오다니 믿
을 수가 없어."

"어머니와 얼굴이 많이 닮았네요." 내가 이렇게 말하자
W씨가 기분 좋은 듯한 표정으로 답했다.

"맞아요. 장례식장에서도 주위 사람들한테 그런 얘기
많이 들었어요." 그리고 이어서 말했다. "언니와 함께 엄마
의 유품 정리를 하다가 집에 있는 것과 아주 똑같은 앨범
을 발견했어요. '엄마로서 아무것도 해준 게 없구나. 미안
하다.' 앨범에는 이런 말들이 잔뜩 적혀 있었고요. 우리 자
매도 늘 고통 속에서 살아왔기에 딸들을 두고 떠난 엄마
를 원망하기만 했는데 이렇게 이야기 나누고 보니 이제야
엄마의 마음을 이해할 수 있을 것 같아요."

그러자 이야기를 듣고 있던 어머니가 말씀하셨다. "아
버지는 이제 용서해주렴."

W씨에게 사연을 듣자니, 아버지가 육체적인 폭력을
휘두르는 것은 아니었지만 언어폭력을 퍼부어 어릴 적부

터 성인이 될 때까지 줄곧 고통받아왔다는 것이다. 아버지를 용서하라는 어머니로부터의 메시지를 전하자 W씨는 단호히 거절했다. "싫어요. 그 인간을 용서하다니, 절대 그럴 수 없어요."

하지만 나에게는 이와 상반되는 메시지가 전달됐다. '그 인간'을 '아버지'라고 부르면 비로소 아버지와의 인연이 끊어질 터이고, 그래야 W씨의 에너지 흐름이 바뀌어 인생의 파트너도 만날 수 있게 될 거라는.

사실, 이전에 W씨가 좋은 인연이 나타날지 어떨지 묻기 위해 상담을 온 적이 있었는데 그때는 파트너의 존재가 보이지 않았다.

인생을 함께할 파트너와의 인연이 있는 사람과 그렇지 않은 사람이 있다. 그런데 W씨의 경우 이번에는 '아버지를 어떻게 부르느냐에 따라 파트너를 만날 수 있을지 없을지 운이 달라진다'라고 하는 메시지가 전달되었다. 이 말을 전하고 W씨에게 다음과 같이 이야기했다.

"진심으로 좋은 파트너를 만나고 싶다면 '그 인간'이 아니라 한 번이라도 좋으니 '아버지'라고 불러보세요. 어머니께서 지금 그 기회를 주고 계시잖아요."

물론 W씨에게 있어서는 쓰라린 경험 때문에 어쩔 수가 없을지도 모르겠다. 나라도 그런 얘길 들었다고 해서 쉽사리 용서할 수 있을 것 같지는 않다.

"어쨌든 '그 사람이 나의 아버지입니다'라고 딱 한 번 그 말을 입 밖에 꺼내는 것만으로 과거가 말끔히 정화되는 케이스도 있어요."

이렇게 전하자 W씨도 마침내 다음과 같이 말하며 생긋 미소 지어 보였다. "알겠습니다. 해볼게요. 저도 파트너는 만나고 싶으니까요."

어머니는 딸의 미래가 걱정되어 잠시 곁으로 와주셨던 듯하다. "정말 고맙습니다." 어머니가 나에게 고개 숙여 인사하시고는 발걸음을 돌렸다.

상대에게 위화감을 느낄 때 요주의

W씨의 경우와 반대로, 세상을 떠난 사람이 누군가의 결혼을 반대하기 위해 나타나는 일도 있다.

어떤 분이 상담을 와서 말했다. "딸이 결혼하고 싶다는 남자를 데리고 왔는데 어쩐지 불안감이 느껴져서요."

겉모습은 예의 바르고, 온화하고, 말투도 성실해 보이는데 어딘지 모르게 가슴이 두근거릴 정도로 불안하다는 것이었다.

"이 결혼을 정식으로 진행해도 괜찮을까요?" 상담자가 물었다.

그때 상담자의 돌아가신 어머니, 그러니까 딸에게는 할머니 되시는 분이 나타나 "결사반대"를 외치는 것이었다.

"외견상으로는 좋은 사람처럼 보여도 진짜 속내를 알수 없는 상대야. 거기다 무언가를 감추고 있는 게 분명해. 이대로 결혼하면 결혼 생활이 순조로울 리 없지. 손녀가 불행해지는 걸 보고 싶지 않아." 할머니가 내게 호소했다.

나는 들은 내용을 그대로 전한 뒤 상담자에게 물었다. "할머니께서 이렇게 말씀하시는데 뭔가 짚이는 데라도 있나요?"

그러자 푸념 섞인 대답이 돌아왔다. "사실은, 결혼 얘기가 나온 뒤에서야 남자가 이혼을 한 번 한 적이 있다고 털어놓았다는 거예요. 이혼 경력이 있다는 것 자체가 잘못됐다는 얘기가 아니라 딸아이 입장에서는 그런 중요한 문제를 미리 밝히지 않은 상대한테 불신감이 생긴 거죠. 좋아하는 마음은 변함이 없지만 솔직히 망설여진다는 거예요. 그래서 상담을 부탁하더라고요. 심령현상으로라도 뭔가 보이는 게 없을지 좀 물어봐달라고. 그런데 돌아가신 할머니가 반대하고 계시다니…… 그 밖에도 무언가 감추고 있는 게 더 있지는 않을까요? 실은 숨겨둔 자식이 있다거나, 빚이 있다거나……."

무엇을 숨기고 있는지까지는 잘 모르겠지만 남자가 그 밖에도 떳떳하지 못한 사정을 안고 있다는 것만큼은 충분히 감지되었다. 결혼하면 싫어도 상대의 내면을 보게 되어 있지만 겉으로 드러나는 부분에도 거짓이 있다는 걸 알아채면 관계는 자연히 악화되기 마련이다.

"상대방에 대해 좀 더 알고 난 뒤 신중하게 대답을 내놓는 쪽이 좋을 듯합니다."

이렇게 전하자 상담자도 수긍하고 돌아갔다. "부모 된 입장에서는 말리고 싶지만 딸아이의 마음도 헤아려서 충분히 시간을 가지고 이야기 나누어보겠습니다."

이와 같은 사례뿐만 아니라 결혼을 앞둔 시점에서 상담을 온다는 건 분명 망설여지는 마음이 있어서다. "상대의 언행에 무언가 석연찮은 부분이나 의구심이 드는 구석이 있지만 스스로 답을 내기가 두려워요." 이렇게 말하는 사람들이 상당히 많다. 그저 진지하게 결혼을 생각할 만큼 상대를 좋아하기 때문에 무리해서 그 마음을 접는 것이 어려울지도 모르겠다.

또한 상담자들 가운데는 "몇 년쯤 후에 이혼이 보입니다."라고 전달해도 결혼을 감행하는 사람이 있다. 그리고 얼마 후 다시 찾아와서 "역시 아니었어요."라고 말하고 간 사람도 있다. 상대가 아무리 좋은 사람이라고 해도 결혼 후 서로의 에너지 궁합이 맞지 않아 결국 헤어지고 마는 일이 흔하다. 그래도 그 경험은 헛된 것이 아니다. 거기에는 반드시 어떤 배움이라도 있기 마련이기 때문이다.

'결혼을 취소한 것 때문에 두고두고 후회하고 싶지 않다'라고 생각한다면, 결혼해도 좋다. 그리고 아무리 노력해도 결혼 생활이 잘 굴러가지 않는다고 할 땐, 이미 일어난 일은 순순히 받아들이고 앞으로의 인생을 살아가면 된다.

아이에게 영향을 미치는
부부의 에너지

아이는 부모의 모습을 투영하는 거울

아이는 배 속에 있을 때부터 바깥의 상황을 줄곧 보고 듣는다. 아빠와 엄마 사이는 좋은지, 자기가 태어나기를 진심으로 고대하고 있는지, 모든 걸 알고 태어난다. 그리고 배 속에서의 기억이 아이의 성장에도 영향을 미친다.

예를 들어, 출산 전 부부 사이가 좋지 않을 때 '내가 엄마 아빠 사이를 중재하지 않으면 안 된다'라고 하는 의식을 가지고 태어나는 아이도 있다. 또한 부모가 아이의 출생을 바라지 않았던 경우, 그 아이가 어른이 되고 나서 이렇게 말하는 경우도 있다. "자기 자식을 어떻게 사랑하지 않을 수가 있을까⋯⋯." 특히 이제 곧 부모가 될 사람이라면 자신들에게는 보이지 않는 곳에서 태아가 엄마 아빠로부터 여러 가지 영향을 받고 있다는 점을 꼭 기억해두기 바란다.

배 속에 있을 때의 기억이 남는다고 생각하면 아이가 태어날 때까지 그 기간 동안 부모가 어떻게 살아갈지도 중요해진다. 임신 중인 상담자가 왔을 때 "아기한테서 영어가 들리는데요?" 하고 전하자 반짝 놀라며 이렇게 답을 했던 경우도 있다. "정말요? 차 안에서 항상 오디오로 영어 교재를 듣고 있거든요."

또 다른 임산부가 찾아왔을 때다. "배 속의 아기는 아빠를 몹시 사랑하나 봐요. 아빠 목소리가 들리네요." 그러자 이런 답이 돌아온 적도 있다. "집에 있으면 남편은 어쨌든 자주 배에 대고 아이와 이야기를 나누니까요."

이와 같은 예만 보더라도 아이에게 부모의 영향이 얼마나 큰지 알 수 있다.

"내 아이인데 도무지 정이 안 가요. 어떻게 하면 사랑하게 될까요?" 이런 상담자도 의외로 아주 많다. 그럴 때마다 나는 반드시 이렇게 전한다.

"어떤 이유를 막론하고 내 배 속에 머물다 태어난 내 아이잖아요. 내가 낳은 아이라는 데에 자신감을 가져주세요."

이 얘길 들으면 대부분 퍼뜩 정신을 차리는 눈치다. 그리고 표정에 약간 변화가 생긴다. 분명 아이를 낳은 순간의 기억이 떠올라서일 것이다. 아이의 감각은 민감해서 부모의 의식이 조금이라도 변화가 생기면 아이에게 직접적으로 전달된다. '아이는 부모의 모습을 투영하는 거울'이다.

'보이지 않는 힘'이
우리를 지켜줄 때

무릇 행복도 불행도 예측 불가능한 것이기 때문에
'다음번에는 나쁜 일이 일어날지도 모른다' 등의 과민한 생각은
하지 않도록 하는 게 좋다. 미리 두려워할 필요는 없다.

매일 감사의 마음을 가지면

매일 감사하며 살면
보이지 않는 세계와 맞닿을 수 있다

이 세상에는 '보이지 않는 힘'이 존재한다. '보이지 않는 힘'이란 우리의 선조가 품고 있는 에너지, 세상을 떠난 소중한 사람들의 에너지, 자기 자신을 지키는 에너지, 이 모두의 기운을 내재하고 있는 거대한 존재를 뜻한다. '신神'이 있다면 방금 이야기한 '이 모두의 기운을 내재하고 있는 거대한 존재'가 바로 그에 합당할 것이다.

우리들 가운데는 수호령守護靈이 함께해 보호를 받는 사람이 있는가 하면, 돌아가신 부모님이나 선조의 영혼이 지켜주는 사람도 있다. 하지만 설령 그렇지 않더라도 매사 착실하게 살아가는 사람은 자기 자신의 에너지 균형이 잘 유지되어, 나아가 보이지 않는 힘이 작용해 도움이 절실할 때 자기 편으로 운運을 끌어들일 수 있다.

그렇게 우리는 주어진 날들을 마주하고 최선을 다해 성의껏 현재를 살아감으로써 보이지 않는 힘의 보호를 받으며 일생을 보내게 된다.

어느 상담자의 얘기인데, 그분은 매일매일 후회 없이 보내려고 노력할 뿐만 아니라 하루도 빠짐없이 매일 아침 촛불을 켜고 명상하듯 기도한다고 한다. 그리고 세상을 떠난 부모님을 비롯해 얼굴 한번 뵌 적 없는 친가, 외가 쪽 선조까지 거슬러 올라가 모두를 향해 "좋은 아침입니다. 항상 보살펴주셔서 고맙습니다." 하고 인사한 후 하루를 시작한다고.

그런 행동이 보이지 않는 힘과 어떤 관계가 있을까. 또 하루를 무사히 살아갈 수 있음에 대한 매일매일의 감사 기도는 먼저 세상을 떠난 우리의 소중한 사람들로부터 보이지 않는 세계에까지 그 마음이 전달된다. 그러면 보이지 않는 힘이 작용해 신상에 닥칠 뻔한 화를 면한다든가 최선의 선택을 하게 되는 일이 생긴다.

"오늘도 감사합니다." 그 말 한마디가 보이지 않는 세계에 닿아 '보이지 않는 힘'이 기꺼이 그 마음에 긍정의 에너지를 불어넣어준다. 그런 사람에게 실제로 큰 화를 면하게 된 일이 일어난 적도 있었다. "쇼핑 도중 한눈을 팔고 있다가 하마터면 차에 치일 뻔했는데 다행히 차가 급히 핸들을 꺾어 무사할 수 있었어요!" 어느 상담자에게서 들은 얘기다.

틀림없이 선조들의 보살핌 덕분이라고 단정 지을 수는 없지만, 어쨌든 그 사람을 지키고 돕는 '보이지 않는 힘'이 존재하는 것만큼은 분명하다.

"언제나 매사 감사하는 마음으로 살아가고 있습니다." 이렇게 말한 상담자가 자신의 경험담을 이야기해준 적이 있다. 빌라 2층에서 1층으로 내려오는 도중 남은 8개 계단쯤에서 발이 걸려 넘어질 뻔한 적이 있었다고 한다. 그때 맨 아래까지 떨어졌음에도 불구하고 어떻게 된 일인지 두 발로 선 채 1층 바닥에 무사히 착지할 수 있었다는 것. 분리수거를 하려고 끈으로 묶어 들고 나온 신문지들은 이미 바닥 여기저기로 흐트러진 상태였지만 정작 본인은 어디 한 군데라도 상처 입은 데가 없었다.

하나의 작은 예에 불과하고 단순히 운이 좋았을 뿐이라고 말할 수도 있겠지만 바로 그러한 운이 아무에게나 일어나는 것은 아니다. 이렇듯 항상 감사의 마음을 잊지 않으면 그 마음이 보이지 않는 세계에 닿아 그야말로 더욱 감사하고 싶은 일이 일어나는 때가 종종 생긴다.

감사의 마음을 실천하는 방법으로 권하고 싶은 한 가지가 있다면 다음과 같은 행동을 습관화하기다. 어디를 가더라도 행선지마다 그 입구에서 "잘 부탁드리겠습니다." 하고 가볍게 한차례 인사하기.

이를테면 나는 비행기를 타고 출장을 갈 때라든가 약속 장소인 카페나 식당에 들어갈 때, 또는 호텔에서 숙박할 때, 그러한 때마다 사찰 기둥문을 통과하기 전과 마찬가지로 감사를 표한다. 그리고 그 장소를 나올 때도 잊지 않고 한마디 전한다. "감사합니다. 다음에도 또 신세 지겠습니다."

앞서도 말했지만 보이지 않는 힘이란 특정한 '무엇'을 가리키는 게 아니다. 바로 지금 자신이 향해 갈 지역, 장소, 공간, 모두 각기 다른 에너지를 품고 있다. 그 보이지 않는 힘이 내 편이 되어줄 때 뜻하지 않은 행운을 얻게 되기도 한다. 줄 서는 맛집에 예약도 하지 않고 무작정 갔는데 마침 빈자리가 난다거나 방문한 곳에서 매우 친절한 대우를 받는다거나 할 때가 있다. 그때가 바로 보이지 않는 힘이 작용하는 순간이다.

우리는 도처에서 알게 모르게 보이지 않는 힘의 도움을 받으며 살아간다. 그 보살핌으로 우리가 찾아가는 식당이나 카페가 편안한 공간이 되는 것이다.

자신을 소중히 여기면
자신을 지켜주는 모든 것과 연결된다

방법은 다르지만 나 역시 매일 아침저녁으로 기도를 거르지 않는다. 그 덕분으로 위에서 말한 상담자와 마찬가지로 보이지 않는 힘의 보호 아래 나의 에너지도 조화로운 균형을 유지하고 있는 느낌이다.

나의 일상을 이야기하자면, 우선 아침에 일어나자마자 두 눈을 감고 마음속으로 주문을 외듯 되뇐다. "지금의 저를 있게 해주셔서 감사합니다. 앞으로의 저도 잘 부탁드립니다." 밤에 잠자리에 들 때도 똑같이 기도한 후 잠을 청한다. "오늘 하루도 감사했습니다. 내일도 잘 부탁드리겠습니다."

사실 이는 '내 영혼'을 향해 말하는 것이다. 나 자신의 영혼에 기도함으로써 나를 지켜주는 모든 것과 연결되는 이미지를 갖게 된다. 그와 동시에 내 영혼의 그릇이라고 할 수 있는 '육체'에 대해서도 매일 감사하며 소중히 여기고 있다. 당연한 얘기지만 이 육체가 없으면 나는 움직이지도 못하고, 이야기하지도 못해서 이승과 저승을 연결하는 역할을 수행하는 일도 할 수 없기 때문이다.

그렇다고 해서 몸을 아끼기 위해 에스컬레이터나 택시를 이용해 편하게 다니지는 않는다. 오리혀 반대로 오랫

동안 좋은 컨디션을 유지하기 위해 기본적으로 많이 걷고 주로 계단을 이용한다. 그리고 조금이라도 몸에 이상이 느껴지면 병원을 찾아 진찰받고, 매해 반드시 종합건강검진을 받는 등 건강 체크도 빠뜨리지 않는다.

평소 이와 같이 생활하면 갑자기 이가 아파 치과에 가야 하는 일이 생겨도 보이지 않는 힘이 형편을 맞춰준다. "마침 상담도 없는 날이어서 그나마 다행이네." 이렇게 말할 수 있게 된다는 얘기다.

많은 사람이 자기 몸 돌보는 일을 뒷전으로 미뤄버리는 경향이 있는데 '육체'가 존재하기에 인생도 있는 것이다. 나이와 상관없이 그 점을 일찌감치 깨닫고 건강관리를 등한시하지 않도록 하는 것이 중요하다.

이 세상에 태어난 것을 축복이라 여기고 하루하루가 즐겁고 행복할 수 있도록 자기 자신에게도 정성을 다하며 살아가기 바란다.

나도 인생에서 스피리추얼 텔러라고 하는 직업 하나만 바라보고 살아가진 않는다. 좋아하는 뮤지션이 있는데 라이브 공연이 있으면 아무리 멀어도 기분전환을 위해 직접 공연장을 찾기도 하고 야구장에 가서 경기를 관람하며 큰 소리로 응원도 한다. 그 누구보다 마음껏 즐긴다. (웃음) 또한 여행이나 맛있는 음식을 좋아해서 가끔은 조금 좋은 호텔과 식당을 예약해 여유롭게 휴식을 취할 때도 있다.

나는 스스로 인생을 즐기며 살아가고 있고, 또한 스피리추얼 텔러로서 상담자의 영혼에 관여하며 조금이나마 그 사람의 인생에 보탬이 되고자 노력하는 가운데 전력을 다해 살아가고 있다. 그리고 그런 나를 보이지 않는 힘이 언제나 응원해주고 있음을 알고 있다.

여러분도 자신을 돌볼 줄 알아야 하고, 또 행복을 누릴 권리가 있다는 중요한 사실을 부디 잊지 말기 바란다.

일상 속 사소한 것들에 대한 배려

당연한 룰을 지키는 것

보이지 않는 힘의 보호를 받고자 한다면 그에 합당할 만한 삶의 태도를 축적하는 것이 중요하다. 쉽게 말하자면 '호감을 얻으라'는 얘기다. 그 호감이란 이를테면, 평소 교통법규를 잘 지킨다든가 약속 시간을 잘 지킨다든가 하는, 어찌 보면 당연한 룰을 지키는 것, 그리고 가능한 한 다른 사람에게 친절히 대하고 그 선한 마음을 실천하는 행위 등을 말한다.

운전하고 가다 보면 깜빡이도 켜지 않고 차선을 바꿔 끼어든다거나 노란 신호에서 멈추지 않고 교차로로 진입

하는 차들이 종종 눈에 들어온다. 보행자들도 마찬가지다. 수시로 무단횡단을 한다든지 빨간 신호에서 길을 건너는 등 교통법규를 어기는 사람이 꽤 많다.

한편으로 '차가 거의 다니지 않는 길이라면 주변에 피해를 주는 것도 아닌데 빨간 신호에 건넌다고 크게 잘못된 건 아니지 않나'라고 생각할지도 모르겠다. 실제로 차량 통행이 많지 않은 곳이라 신호를 지키는 사람이 거의 없는 횡단보도가 왕왕 있다.

하지만 '누구에게도 피해를 주지 않으니 별문제 없다'라고 하는 의식은 여기서만 그치지 않는다. 결국, 이래저래 다른 곳에서도 잘못됐다는 의식조차 없이 아무렇지 않게 룰을 위반하고 만다.

설령 5미터 정도의 짧은 횡단보도라 하더라도, 또 차가 한 대도 지나가지 않는다 하더라도, 빨간 신호라면 기다리는 것이 룰이다. 정말 피치 못할 사정으로 다급한 경우에 한해서, '안 된다는 걸 잘 알고 있지만 이번 한 번만 양해해주세요. 죄송합니다!'라는 마음으로 건너가는 거라면 그나마 이해가 되겠지만, 당연한 듯이 무단횡단을 하는 사람은 보이지 않는 세계로부터 '저런 식으로 살면 안 되지!' 하는 부정적인 기운을 사게 된다. 어느 한쪽을 택해야 한다면 보이지 않는 힘은 자연히 '잘못된 행동을 의식하고 미안해하는 사람' 쪽으로 작용할 터이다.

지나가는 차가 뜸한 횡단보도에서 빨간 신호지만 사람들이 하나둘씩 건너기 시작하자 우르르 따라 지나가는 광경을 볼 때가 간혹 있다. 그럴 때 우직하니 혼자서만 파란 신호로 바뀔 때까지 기다리고 있는 사람을 보면 '겉모습은 투박해 보여도 룰을 잘 지키는 사람이구나!'라는 생각이 들어 어쩐지 기분이 좋아진다.

보이지 않는 세계에서는 한 사람 한 사람 그들의 삶의 태도를 신중히 지켜보고 있다. 유사시에 보이지 않는 힘의 보호를 받을 수 있느냐 없느냐 그 경계는 당연한 룰을 제대로 지키고 있는가 그렇지 않은가, 다시 말해서 올바른 삶을 살아가고 있는가에 달려 있다.

아무렇지 않게 당연한 룰을 저버리는 사람은 보이지 않는 세계로부터 외면당해 운의 기운을 놓치고 만다. 거꾸로 말하자면, 올바른 삶의 태도가 선행되어야 보이지 않는 힘의 보살핌이 뒤따를 수 있다는 얘기다.

보이지 않는 세계에서 주시하고 있음을 항상 의식한다면 자기 형편이나 사정에 따라서가 아니라, 무엇이 올바른가를 판단해 스스로를 규제하여 행동할 수 있게 된다. 나 역시 어릴 적부터 '신께서 언제나 지켜봐주고 있다'는 얘길 들으며 자라왔고 지금도 그렇게 믿고 있다.

'배려심이 없는 사람'에게서는 운이 달아난다

당연히 지켜야 할 룰 이외 '배려'의 매너를 지키지 못하는 사람에게서도 운이 달아난다. 가령 여행 가방을 들고서 에스컬레이터를 탈 경우, 올라갈 때는 가방을 자신의 앞에 두고 내려갈 때는 뒤에 두는 것이 매너이다. 그래야 어쩌다 잘못해서 가방이 떨어질 뻔하더라도 자신이 방패막이가 되어 예기치 않은 사고로 이어지는 것을 막을 수 있기 때문이다.

하지만 이런 매너를 지키지 않는 사람이 꽤 많다. 에스컬레이터를 내려갈 때 자기 앞에 캐리어 가방을 놓아두고 가방에서 손을 뗀 채로 서 있는 사람을 보면 나도 모르게 "위험해!"라고 소리치게 되는 경우가 있다. 자신의 부주의로 인해 가방이 굴러떨어진다면 다른 사람에게 어떤 위험을 불러올지 거기까지 의식하지 못하는 사람이 생각보다 많다. 후쿠오카 공항의 긴 에스컬레이터를 올라가는데 내가 서 있는 쪽으로 다른 사람의 여행 가방이 떨어졌던 적도 실제로 있었다.

그 밖에도 지하철을 탈 때 내리는 사람들을 기다리지 않고 먼저 타려고 한다든가 엘리베이터에서 다른 사람을 배려해 '열림' 버튼을 누르고 기다려준 데 대해 감사 인사 한마디 하지 않는 사람, 영화 상영이 시작된 후 영화관에 들어가게 되었을 때 양해를 구하는 어떤 제스처도 없이 당당하게 객석 앞을 지나가는 사람, 우산 같은 것을 부주의하게 위험한 각도로 들고 다니는 사람, 일일이 말하자면 끝도 한도 없다. 그런 '사소한 것들'이라고 생각할지 모르겠으나 인생은 바로 그 '사소한 것들'의 축적이라고 할 수 있다.

다시 말하지만 보이지 않는 세계에서는 우리의 삶의 태도를 유심히 지켜보고 있다. '요즘 이상하게 재수가 없네'라는 생각이 든다면 우선 그 원인을 자신에게서 찾아야 할 것이다. 자신의 무심한 행동이 행운을 걷어차고 있는 것일지도 모르기 때문이다.

그렇다면 어떻게 해야 운을 불러들일 수 있을까, 상담자로부터 종종 그런 질문도 받는다. 그럴 때마다 나는 항상 이렇게 답한다. "매사 모든 것에 감사하면 됩니다."

이 책에서 전하고자 하는 메시지와 일맥상통하는 얘기지만, 매사 감사하며 살면 보이지 않는 힘의 보호를 받을 수 있다고 했듯이, 어떤 상황에 처하더라도 감사의 마음을 잊지 않으면 자연스럽게 주변 사람들을 배려하는 마음이 생겨 운도 따르기 마련이다.

'하지만 무엇에 대해 감사하면 좋을지 잘 모르겠다'라고 하는 사람은 우선 '오늘도 살아 있음'에 감사하는 것부터 시작해봐도 좋겠다.

오늘 아침 날이 밝아 잠에서 깨어난 것은 어떤 의미로 기적이다. 건강한 사람이라면 아침에 눈을 뜨는 게 당연한 일이라고 할지 모르겠다. 하지만 본인이 생각하는 것보다 그 수명은 짧아서 예측 불가능한 것이 인생이다.

잠자는 동안 갑자기 세상을 떠날 수도 있고 자연재해로 목숨을 잃을 수도 있다. 그렇게 생각하면 아침에 언제나처럼 아무 일 없이 깨어난 데 대해 감사하는 것은 매우 중대한 일이다. 살아 있는 자신에게 감사할 줄 알면 '가족들과 아침 인사를 나눌 수 있음에' 또 '모닝커피를 즐길 수 있음에' 감사할 줄 알게 된다.

처음에는 위화감을 느낄 수도 있겠으나 매일매일 살아있는 자신에게 감사하는 사이, 어느덧 지금까지 당연하다고 생각해오던 모든 것에 감사와 행복을 느끼게 됨으로써 자연히 감사의 마음은 매 순간 더 늘어간다.

사실 그것만으로도 벌써 운의 기운은 상승한다. 자기 자신에게 감사할 줄 아는 사람은 오늘 하루를 순조롭고 행복하게 보내기 위해 주변의 작은 일 하나라도 소홀히 여기지 않고 늘 한결같이 소중히 대하기 때문이다. 그러다 보면 굳이 의식하지 않더라도 '다른 사람에 대한 배려'가 몸에 배어 어느새 타인을 나와 같이 소중히 여기는 자신을 발견하게 될 것이다.

언제나 반드시 '좋은 사람'이 될 필요는 없다

세간에서 보통 이야기하는 이른바 '좋은 사람'이 보이지 않는 세계의 도움을 받는 것이냐 묻는다면 그 문제는 또 조금 다르다. '좋은 사람'의 특징을 나열해보라 하면 대개가 이렇다. '누구나 그 사람을 좋아한다', '누구에게나 친절하고 다정하다', '그 사람이 있으면 분위기가 화기애애하다' 등등. 하지만 뒤집어 생각하면 이렇게 말할 수도 있겠다. '팔방미인', '싫은 것을 싫다고 분명하게 말하지 못하는 사람', '많은 사람이 모인 장소에서 자신의 의견을 말하지 못하는 사람'.

"저 사람은 좋은 사람이니까." 이처럼 각인되어 부탁받는 일이 잦은 사람은 소위 '예스맨'으로 불리는 경우가 많다. 자기 형편이나 사정은 뒤로하고 무조건 상대방의 의견을 따른다고 해서 그런 사람이 반드시 보이지 않는 세계로부터 환영받는다고 말할 수는 없다.

뿐만 아니라 겉으로는 다른 사람의 편의를 봐주기 위해 전력을 다하지만 그러면서 자기 자신을 속이고 살아가는 사람에겐 안타깝지만 천국의 문이 열리지 않을 수 있다. 과장이 좀 심하지 않나 생각할지도 모르겠지만 자신의 속마음에 거짓을 말하며 살아온 사람은 주어진 소중한 삶의 시간을 무의미하게 흘려보낸 셈이 되기 때문이다.

'남들에게 좋은 사람으로 여겨지고 싶다'라든가 '솔직히 말했다가 거절당할까봐 두렵다'라고 하는 마음은 누구라도 마찬가지다. 하지만 그렇다고 분위기 파악에만 신경 쓰거나 상대의 눈치만 살피다가 적당히 이야기에 동조해버리고 만다면? '지금만 잘 넘어가면 된다' 혹은 '좋은 게 좋은 거다' 하고 자신의 본심을 매번 숨기기만 한다면 오랜 세월 지속되어온 그런 생활 방식이 버릇처럼 굳어져 어느샌가 자신의 진짜 속마음을 알 수 없게 되어버린다. 세상을 떠날 때까지 진심을 잃어버린 채로 살아갈 수는 없지 않겠는가.

나는 요컨대 '좋은 사람'은 아니다. 물론 한 인간으로서 올바르고 싶다 생각하며 살아가고 있고 또 그러기 위해 노력하고 있다. 세상살이의 룰은 가능한 한 잘 지키고 있고 남을 배려할 줄도 안다. 그래도 만인에게 사랑받는 타입은 아니다. 누구에게든 필요 이상으로 '호의적인 표정'을 드러내 보이지 않는 탓인지도 모르겠다.

그보다 나 자신에 대해 그저 있는 그대로 솔직하고자 한다. 따라서 다른 사람이 나를 어떻게 생각하든 상관없다. 누군가와 충돌해 미움을 사거나 괴롭힘을 당하더라도 받아들이려고 애쓰며 살아왔다. 어릴 적부터 그랬다. 내가 아니라고 생각하는 것은 같은 반 아이들뿐만 아니라 선생님한테도 '틀렸다' 혹은 '잘못됐다'라고 분명히 말하곤 했기에 선생님을 비롯한 주변의 많은 사람이 나를 좋게 생각하지는 않았을 터이다.

부모님이나 친척들도 그런 나를 달갑게 여기진 않았다. "너처럼 뭐든 곧이곧대로 솔직하게 말하고 사는 애는 아무도 없을 거야. 그렇게 융통성이 없어서야 원." 이런 소리를 들을 정도로 정의감이 지나치게 강한 면도 있었다. 거기다 학교에서는 내게 매우 호의적이었던 친구와 또 반대로 어딘가 음울한 데가 있어 싫다며 나를 멀리했던 아이, 이처럼 극명하게 둘로 나뉘기도 했다.

성인이 되고 나서도 그 점은 변함이 없는데, 가령 어느 식당이나 카페에 들어갔을 때 손님 응대가 극단적으로 갈리는 경우가 지금도 간혹 있다. 매우 친절하게 대해주는 곳이 있는가 하면 어느 곳에서는 '얼른 가주었으면 좋겠다' 하는 태도를 노골적으로 드러내기도 한다.

그렇다고 하여 내 쪽에서 먼저 벽을 만들거나 하지는 않는다. 에너지의 기운이 서로 전혀 맞지 않는 사람은 금세 식별이 되기에 엮이지 않으려고 할 뿐, 사람이든 사물이든 어떤 대상이라도, 물론 음식을 접할 때나 어떤 건물을 드나들 때도, 늘 감사의 마음으로 대하는 태도만큼은 변함이 없다. 그중에서도 가장 중요하게 여기는 것이 있다면 남의 의견에 좌지우지되지 않고 자신을 속이지 않는 자세라고 하겠다.

그로 인해서 내 편이 없어져도 괜찮다. 혼자라도 괜찮다. '보이지 않는 세계'에서는 나의 정직한 삶의 태도를 지켜봐주고 있을 테니까.

물론 자신을 속이지 않고 사는 게 어려운 때도 있다. 그래도 언제나 남의 사정만 봐주는 '예스맨'에 대해 보이지 않는 세계는 긍정적으로 평가하지 않는다. 심지어 그 죄가 무겁다고 판단하니 가능하면 '본심'을 중요시하기를 진심으로 바라는 바이다.

좋은 기운과 나쁜 기운

욕심이 없으니 오히려 좋은 일이 연쇄적으로

사후 세계에 천국과 지옥이 있듯이 '보이지 않는 힘'에
도 좋은 에너지와 나쁜 에너지가 있다. 보이지 않는 힘의
보호를 받지 못하는 사람 가운데는 사악한 에너지의 기운
에 휩쓸려버리는 사람도 있다.

사악한 기운의 유혹에 빠져들면 불행한 일을 당하기 쉬
워진다. 자살 명소라고 불리는 곳이라든가 사고가 일어나
기 쉬운 장소로 이끌려 들어가게 되는 경우도 있고, 사악
한 영혼이나 동물 혼령에 씌어 안 좋은 일이 연쇄적으로
일어나는 경우도 있다.

'사악한 마음'이라고 하면 아무래도 선善이 결핍되고 마음보가 뒤틀려 있음을 뜻하는 것 같지만 실은 누구나 내면에 그 '사악한 마음'이 자리하고 있다. 세상 모든 것에는 안과 겉, 음과 양, 선과 악, 등등의 양극이 존재하며 삶은 그런 얼개로 이루어져 있기 때문이다.

악의 비율이 선의 비율보다 커지면 사악한 에너지가 눈독을 들여 자기 편으로 기운을 끌어들이게 된다. 자기가 낳은 자식임에도 정을 주지 못하고 아이한테 손찌검까지 했던 사람 역시 사악한 기운에 홀린 때문일 수 있다.

하지만 선과 악의 형세를 역전시키는 일 또한 가능하다. 자칫 사악한 기운에 마음을 빼앗길 상황에 직면하더라도 스스로 '이겨내자!' 굳게 결심하고 흔들림 없이 자신의 의지를 관철시키는 습관을 생활화하면 선의 비율이 점점 더 커진다.

나름의 목표를 가지고 정말 중요하다고 생각하는 바를 이루어 나아간다면 자연스럽게 좋은 기운과 맞닿아 점차 운이 좋아진다. 이러한 경험들이 쌓여감에 따라 운이 배가 되거나 들어온 운이 눈덩이처럼 불어나는 경우도 있다. 첩첩이 쌓인 운을 눈덩이만큼 키우고 싶다면 역시나 매사 모든 일에 감사할 것.

'이것은 이래서 감사하고' 또 '저것은 저래서 감사하고', 이처럼 눈앞의 모든 것에 끊임없이 감사하면 스스로가 이 세상에서 제일 행복한 사람으로 느껴진다. 그러면 이전까지는 순풍에 돛 단 듯 만사가 뜻대로 잘 이루어져 행복해 보이는 사람이 부럽기만 했는데, 이제 스스로를 남과 비교하는 일 없이 겸허한 마음이 싹튼다.

그리고 욕심이 없으니 오히려 좋은 일이 연쇄적으로 일어난다. '이 사람은 정말 엄청 운이 좋구나'라고 여겨지는 누군가가 있다면 그 사람은 분명 욕심 없이 바람직한 삶의 태도로 일관되게 살아가고 있을 것이다.

세상에 의미 없는 일은 없다

'

자신의 결점을 객관적으로 바라볼 수 있는 기회

살면서 누구나 항상 앞만 보고 달려갈 수 없고 또 늘 자신이 원하는 대로 나아갈 수 있는 것도 아니다. 뒤돌아보고 후회하는 마음뿐으로 '만사가 생각대로 되지 않는다'며 초조함을 가눌 길 없을 때가 있기 마련이다.

어느 상담자의 이야기다. 오랜 세월 사용하던 냉장고를 처분하고 새로 샀는데 신제품 냉장고에서 나는 소리가 너무 커서 당혹스러웠다는 것이다. 그 소음 때문에 견딜 수가 없었던 나머지 결국 가장 조용하다는 대형 냉장고로 교환을 받았지만, 역시나 소리가 신경에 거슬렸다고.

특히나 신경 쓰였던 건 냉장고가 돌아갈 때 나는 '윙' 소리. 그 소리가 거슬려 일이 제대로 손에 잡히지 않았다. '가장 소음이 적다고 하는 냉장고에서 이런 소리가 날 리 없어. 어딘가 고장난 데가 있는 게 틀림없어.' 이렇게 생각하고 수리를 요청했다고 한다. 그러자 제조사에서는 수리 기사를 보내주는 대신 신제품으로 교환해주겠다고 하여 결국 세 번째 새로운 냉장고가 들어왔다. 그런데 이 냉장고도 여전히 소리가 신경 쓰이기는 매한가지였다. 상담자가 나를 찾아온 시기가 바로 그 타이밍이었다.

냉장고 소리가 시끄럽다고 느끼는 것은 그 당사자에게 있어 하나의 현상에 불과하다. 필요 이상으로 신경질적인 자기 자신을 변화시키지 않으면 앞으로 몇 번이나 더 냉장고를 교환해 받는다고 해도 소음으로 고통받는 문제는 사라지지 않을 것이다. 아무리 오랜 시간이 지나도 상황은 변하지 않을 터이다.

"이대로 가다가는 큰일 납니다. 분명 건강에도 악영향을 미칠 거예요." 상담자에게 솔직히 전했다.

'자기 영혼으로부터의 도전장'이라고 말하면 과장되게 들릴지 모르겠지만 살아가며 성장해 나아가는 동안 누구나 각자에게 필요한 일들이 일어난다. 이 상담자의 경우는 '냉장고 소리가 신경 쓰여 견딜 수 없다'라고 하는 현상을 맞닥뜨림으로써 자기 자신을 돌아보는 과정을 거쳤

214

다. 다시 말해 그 소리는 곧, 매사를 좀 더 느긋하고 대범하게 받아들이지 못하면 다음 무대로 성장해 나아갈 수 없다는 가르침을 주었다고 할 수 있다.

"사소한 데까지 하나하나 신경 쓰며 전부 다 해결하려 드는 건 무리라고 스스로 생각해보세요. 냉장고 소리는 자신의 결점과 정면으로 맞서야 할 때가 왔음을 알려주는 신호나 마찬가지입니다. 이번 일에 관해서는 냉장고와 화해하는 쪽이 제일 빠른 길입니다."

이야기를 들으면서 상담자는 골똘히 생각에 잠기는 모습을 보였다. 그리고 다음번 찾아왔을 때는 매우 밝은 얼굴을 하고 있었다.

"그 이후로 냉장고는 어떻게 되었나요?"

물음에 상담자가 답했다.

"실은 지난번 사토미 씨가 얘기했던 문제들, 저 자신도 어렴풋이나마 느끼고 있었습니다. 이 정도로 냉장고 소리가 신경 쓰이는 사람은 나밖에 없을 거라고 말이죠. 냉장고가 하나의 계기가 되어주었음을 비로소 깨달았습니다. 제 결점을 마주하고 객관적으로 바라볼 수 있는 기회였어요. 그래서 필요 이상으로 예민하게 굴지 말자, 의식적으로 마음을 먹기로 했습니다. 새로운 냉장고 색깔이 브라운 계열인데 '브라더'라는 이름을 지어놓곤 소리가 나지 않고 조용할 때 한마디씩 건네기도 해요. "브라더! 좋았어!"하면서 어루만져주기도 하고요. 그랬더니 기분 탓인지 소리가 이전만큼 신경 쓰이지 않게 되었답니다."

가르침과 깨달음을 주는 행위는 비단 사람만 할 수 있는 게 아니다. 의사가 없는 것처럼 보일지라도 어떤 사물이든 그 소유주에게 무언가 좋은 영향을 끼치려 할 때가 분명 있다.

'악순환'이 끊이지 않을 때의 대처법

아무래도 안 좋은 일이 계속된다면 일상의 장소를 바꿔보는 것 또한 하나의 대처법이 될 수 있다. 같은 실패가 반복된다거나 악순환으로부터 벗어나지 못하는 것은 주변이 나쁜 공기로 가득 차 있기 때문인지도 모른다. 그런 때는 여행이라든가 잠시나마 일상 밖으로의 탈출을 통해 기분전환을 해주는 게 좋다.

특별히 멀리 떠나지 않더라도 여행을 갔다가 돌아올 때는 평소 다니던 길과 다른 방향의 길을 택하는 방법도 추천한다. 그러면 기의 흐름도 바뀌어 나쁜 에너지의 유입을 막는 계기가 될 수 있다. 그렇게 해서 기분전환이 되면 침체해 있던 에너지가 상승해 나쁜 기운은 떨어져 나가고 내 편이 되어주는 좋은 기운이 따라붙는다.

'어째서 안 좋은 일만 계속되는 걸까?' 하면서 원인을 캐내는 데만 너무 골몰하는 경향도 좋지 않다. '왜?' '무엇 때문에?' 하고 파고들기 시작하면 매사가 의심스럽고 두려워진다. 또 그에 따른 역효과로 에너지가 피폐해진다. 지금의 안 좋은 상황에 빠져들지 말고 어쨌든 기운의 흐름을 바꾸도록 행동에 나서는 게 좋다.

하지만 개중에는 '연이은 트러블을 겪게 돼서 오히려 다행이었다'라고 하는 사람도 있다. 입사 15년째에 접어들었다는 어느 상담자의 이야기인데, 최근 들어 갑자기 계속해서 업무 트러블이 발생했다고 한다. 처음에는 사고가 일어날 때마다 '뭐지?' '왜 나한테만 이런 일이?' 하면서 괴로워했는데, 그러다 문득 되짚어 생각해보니 지금까지 너무 원만하게 지내왔다는 걸 깨닫게 되었다고.

"아무런 문제 없이 지낼 때는 감사함을 깨닫지 못하고 일이 잘 굴러가는 게 그저 당연하다고만 생각했어요." 상담자가 말했다. 연이은 트러블로 인해 비로소 자신이 그간 얼마나 행복한 세월을 보내왔는지 돌이켜보게 되었다고 했다. 그리고 환한 얼굴로 다시 말을 이었다.

"운이 따를 때는 하던 일이 잘되니까 그저 아무 생각 없이 살았던 것 같아요. 그러다 이번 일을 계기로 배우는 점이 많았습니다. 트러블이 지속되면 물론 힘들기도 하겠지만 그 경험에서 얻은 교훈을 바탕으로 차후 또다시 같은 어려움이 반복되었을 때 난관을 잘 헤쳐 나갈 수 있는 지혜가 생길 수 있겠구나 생각하게 되었어요."

이 상담자의 말대로, 살아가면서 당연히 좋은 일만 일어나겠거니 간주해버리면 감사하는 마음도 적어지기 마련이다. 트러블은 물론 가슴 조이게 만드는 경우도 많지만, 변화를 위해 노력해서 충만한 삶을 되찾을 수만 있다면 '아무리 모진 일이라도 의미 없는 일은 없구나' 하는 긍정의 힘이 생겨 행복감이 더욱더 커질 것이다.

서른여덟

긍정적이고 발전적인 에너지는
좋은 변화를 일으킨다

자신을 새롭게 인식하는 의미로서의 해맞이

자기 자신을 지키는 에너지를 강화하고 싶다면 꼭 권하고 싶은 것이 있다. 바로 정월 초하루의 해맞이다.

정월 초하루의 해맞이는 스스로에게 1년의 시작을 알리며 한 해를 맞아들이는 중요한 의식이다. '새해 해맞이를 하면 몸과 마음이 맑게 정화되어 보이지 않는 세계로부터 좋은 기운을 얻을 수 있다'라고 하는 메시지를 꽤 오래전부터 접해왔기에 나 자신도 매해 빠뜨리지 않고 새해 인사를 하러 산이나 사찰을 찾아간다.

'일 년의 계획은 정초에 세워라!'라고 하는 말도 있는

데, 나는 이 말을 다음과 같은 의미로 받아들이고 있다. 원하는 바를 이루며 한 해를 살아갈 수 있을지, 그 성과는 정월 초하루 해맞이를 시작으로 결정된다고.

해맞이는 반드시 정월 초하루가 아니어도 상관없다. 정월 초사흘도 괜찮은데 다만 이날은 명소마다 사람들로 붐비기 때문에 잡념으로 마음이 흐트러질 수 있어 오히려 기운을 맑게 하는 데 어려움이 있을지 모르겠다.

하여 나는 정초의 3일간을 제외하고 15일까지 평일 오전 중에 해맞이를 가는데 1월 중이기만 하면 괜찮다고 본다. 달력 날짜에 연연하기보다 보이지 않는 세계를 향해 "새해 복 많이 받으세요. 올 한 해도 잘 부탁드립니다." 하는 새해 인사를 빠뜨리지 않는 것이 중요하다. 그렇긴 해도 역시 정월 초하루에 해맞이를 가면 어쩐지 마음이 더 평온해지는 건 사실이다.

지금 사는 곳 부근에 마땅히 해맞이를 할 장소가 없는 경우라도 왠지 인연이 느껴지는 산이나 사찰이 있다면 그곳이 곧 그 사람에게 있어서 좋은 기운을 받는 장소가 된다. "조금 멀어도 차표를 구해 ○○사까지 방문하는 게 연례행사"라고 말하는 사람도 있는데 이는 매우 의미 있는 의식이라고 생각한다.

그렇다고 정월 초하루 해맞이를 가지 않는다고 해서 불행한 한 해가 되는 것은 아니다. 코로나19로 인해 어쩔 수 없이 새해 해맞이를 갈 수 없던 시기가 있었다. 하지만 그 길로 지금까지 쭉 발길을 끊은 사람도 있을 터이다. 그래도 해맞이는 어쨌든 가는 쪽이 좋다.

한 해를 시작하는 의식을 행한다는 것은 자신을 새롭게 인식한다는 의미와도 같다. 다시 말해서 해맞이는 자기 자신을 직시하고 새로운 자신을 받아들이는 행위, 그러니까 곧 자기 자신을 향한 의식이라고 할 수 있다.

자기 자신을 향한 의식이란 달리 거창한 게 아니다. 올 한 해도 살아갈 수 있음에 감사하며 새롭게 맞이한 일 년을 열심히 살아가겠노라 다짐하는 것을 뜻한다. 앞서도 얘기했듯 나 또한 해마다 감사 인사를 빠뜨리지 않고 있다. "지난 한 해 무사히 지내고 올해 다시 이렇게 이 자리에 설 수 있게 해주셔서 감사합니다. 올 한 해도 부디 저의 삶을 지켜봐주세요."

요컨대 중요한 건 그러한 마음가짐을 잃지 않도록 다시 한번 자신을 향해 다짐을 새기는 일이다. 그 각오가 긍정의 에너지로 승화해 보이지 않는 세계에 가닿는다면 곤란한 상황을 맞닥뜨렸을 때 보이지 않는 힘이 도움의 손길을 뻗치는 일이 생길 수 있다.

서른아홉

결국, 살 만한 인생

현관이 깨끗하면 '좋은 기운'이 들어온다

운이 좋은 사람은 매사 감사의 마음을 지니는 태도 이
외에도 자기 집 현관이 늘 청결하게 정돈되어 있다는 공
통점이 있다. 현관은 매일 눈앞에 마주하는 공간으로 '집
안의 얼굴'이라고 일컬어지는 만큼, 언제나 정갈하게 정
돈되어 있으면 신기하게도 좋은 기운이 들어온다. 반대로
현관이 지저분하면 부정적 에너지를 불러들여 주변에 트
러블이 생기기 쉽다.

미용실을 운영하는 분이 상담을 온 적이 있었는데, 최
근 들어 손님이 뜸해 벌이가 시원찮아졌다면서 그 때문에

고민이라고 했다. 거기다가 다리 통증이 생겨 서서 일하는 게 힘들다고 호소했다. 상담자를 가만히 살펴보니 집안 입구에 물건들이 아무렇게나 널브러져 있는 이미지가 전해져왔다. 게다가 거기엔 흐물흐물한 아메바 같은 혼령이 들러붙어 있었다.

"혹시 현관이 너무 어질러져 있지는 않은가요? 거기다 뭔가 형체를 알 수 없는 게 들러붙어 있어요. 그것 때문에 모든 게 다 숨통이 꽉 막혀 있는 것 같습니다."

그러자 상담자가 말하길, 현재 미용실과 가정집을 겸한 주택에 살고 있는데 집 현관 쪽으로 가게에서 사용하는 샴푸라든가 트리트먼트, 염색약 등이 들어 있는 골판지 상자 같은 물건들이 여기저기 산더미처럼 쌓여 있다는 것이었다.

그렇다면 정체되어 있는 기운이 활개를 펼 수 있도록 하기 위해서라도 주변을 깨끗하게 정리하는 방법밖에 없다. "어쨌든 지금 쌓여 있는 물건들을 전부 들어내고 현관을 말끔히 청소해주세요. 그러면 거기서부터 좋은 기운이 들어오게 됩니다. 그리고 집 안에 나쁜 기운이 쌓이지 않도록 환기를 잘 해주는 것도 중요합니다. 하루에 한 번은 반드시 모든 방의 창문을 열어 공기를 바꿔주세요."

"알겠습니다. 곧바로 실행에 옮겨볼게요." 상담자는 이렇게 말하고 돌아갔다.

그리고 이후 그분이 찾아왔을 때는 한결 밝은 모습이었다. 골판지 상자들을 정리하면서 현관 청소를 하자 다리 통증도 줄고, 동시에 손님도 차츰차츰 다시 늘어났다고 한다.

깨끗한 현관이라고 하면 신발이 한 켤레도 나와 있지 않은 상태를 상상할지 모르겠으나, 정갈하게 정돈만 잘되어 있다면 신발이 몇 켤레 늘어서 있다고 해도 상관없다. 물건들이 어지간히 많이 놓여 있다고 해도 마구잡이로 널려 있지만 않으면 괜찮다. 정리 정돈을 잘하고 성실하게 청소하는 습관을 들이면 약간의 트러블이 생기더라도 일이 크게 확대되지는 않는다.

바르고 신중하게 살아가기

보이지 않는 힘이 맞닿을 수 있는 삶에 대해 한 가지 더 일러두고 싶은 게 있다면 '바르고 신중하게 살아가기'이다. 바꿔 말하자면 매사에 겸손하고 바른 마음을 지니라는 뜻이다.

예를 들어, 기차를 탔는데 앞좌석 승객이 등받이를 젖히면서 "괜찮을까요?"라고 양해를 구한다든지 또 내릴 때 잊지 않고 등받이를 원래 위치로 되돌려놓는 모습을 보면

'참 바르고 성실하게 살아가는 사람이구나' 생각하게 된다. 또 작은 일례로 상담이 끝난 후 의자를 가지런히 정돈하는 사람, 사용한 테이블 위의 물기를 닦는 사람에게서도 신중한 삶의 태도를 느낀다.

다음 사람을 위해, 그리고 그 장소를 사용할 수 있게 해준 데 대한 감사 인사 겸해서 나 역시 어디를 가나 그처럼 반드시 뒷정리를 잊지 않는다. 별거 아닌 것 같아도 다만 그 정도의 마음가짐과 행동만으로도 인생은 바람직한 방향으로 흘러가게 되어 있다.

만일 앞으로 살아갈 날이 얼마 남지 않았다고 한다면 누구라도 남은 하루하루를 후회 없이 보내고자 할 것이다. 차 한 잔을 내리더라도 더욱 심혈을 기울이고, 밥 한 끼라도 정성을 다해 상을 차리고, 업무에 임하는 태도도 더욱 신중해지지 않을까.

물론 눈앞의 모든 일에 하나하나 마음을 다하기란 어려울 것이다. 그래도 '이것만큼은 신중히 하자' 결심하고 한두 가지쯤 정해 실천을 반복한다면 그 마음가짐이 보이지 않는 세계에 닿아 좋은 에너지가 되어 돌아온다.

정성을 다하는 그 시간을 조금씩 늘려가면 된다. 그리고 사물을 함부로 다루지 않는 태도도 중요하다. 사물에도 전부 영혼이 깃들어 있다. 매사 그런 마음가짐으로 대하면 자연히 바르고 신중하게 살아갈 수 있다.

인생은 '마음먹기와 감사'로 결정된다

인생에는 필요한 일만 일어난다

"인생에는 좋을 때와 나쁠 때를 넘나드는 '파도'가 있다. '호사다마好事多魔'라는 말도 있듯이 좋은 일이 계속되면 다음번엔 반드시 나쁜 일이 일어난다." 이 같은 이야기에 불안한 마음을 갖는 사람도 있는데 나는 그렇게 보지 않는다. "올해의 운은 전부 다 썼다고 생각합니다."라고 말하는 상담자에게는 또 다음과 같이 답해준다. "그렇게 생각한 시점에 운도 다하는 것입니다."

'액운이 낀 해'라고 하여 무언가 틀림없이 나쁜 일이 일어날 거라 생각하는 경향이 많은데 이는 단순한 선입견일 뿐이다. '액운이 낀 해'가 들어맞았다고 하는 사람은 그 말을 마음에 담아두고 있던 사람이다. 선입견에 져서는 안 된다.

일말의 고뇌 없이 인생을 살아갈 수 있는 사람은 아무도 없다. 하지만 적어도 보이지 않는 힘을 내 편으로 끌어들이는 삶의 방식을 고수해나간다면 운이 없는 시기가 짧아진다거나 큰 사고를 당하더라도 가벼운 찰과상 정도로 그치게 될지 모른다.

무슨 일인가가 일어났다면 그 자리에서 한 번쯤 제대로 의식을 정비하고 사태를 직시할 줄 알아야 한다. 골절상을 입어도 이상하지 않을 만큼 심하게 넘어졌는데도 혹이 생기는 정도에 그쳤다면 마음속 깊이 '도와주셔서 고맙습니다.' 하고 감사할 줄 아는 삶의 태도를 갖는 것이 무엇보다 중요하다.

달갑지 않은 일이 일어났을 때, 상황은 받아들이는 방식이나 해석에 따라 크게 달라진다. '태풍 때문에 외출할 수 없으니 재수가 없다'고 생각할 것인가, 아니면 '집에 있을 때 하려고 마음먹었던 일을 할 수 있게 돼서 잘됐다'고 생각할 것인가.

인생에서 설령 좋은 일과 나쁜 일이 반반씩이었다 할지라도, 감사의 마음을 더해 살아가는 사람일수록 불행하다고 느끼는 일은 그만큼 줄어들 것이다.

무릇 행복도 불행도 예측 불가능한 것이기 때문에 '다음번에는 나쁜 일이 일어날지도 모른다' 등의 과민한 생각은 하지 않는 게 좋다. 미리 두려워할 필요는 없다. 이렇게 말하면 '걱정하는 쪽이 신중하게 행동할 수 있어서 더 낫다' 생각하는 사람도 있을지 모르겠다. 다만, 아직 일어나지 않은 일을 걱정하며 지내는 것은 인생의 귀중한 시간을 낭비하는 셈이라고 할 수도 있겠다.

좋지 않은 일을 이미지화하다 보면 사람에 따라서는 실제로 그 일을 끌어들이고 마는 경우도 있다. 더욱이 '최악의 상황이 될지 모른다'고 한걱정해도 실제로 그렇게 되는 일은 드물다. 설사 궂은일이 생겼다 하더라도 이는 자신에게 있어 필요한 경험이고 학습이므로 겁낼 것 없다.

의식하지 못하는 사이 우리는 주변에 폐를 끼치거나 도움을 받으면서 일생을 마친다. 지금까지 살아오면서 잘못한 행동에 대해 순수하게 "죄송합니다" 혹은 도움받은 일에 대해 "고맙습니다"라는 말을 얼마나 제대로 전달했는지 돌이켜보자. 아직 충분히 그러지 못했다고 생각한다면 지금부터라도 늦지 않았다. 직접 말하는 게 겸연쩍다면 마음속으로 실천하는 것만으로도 괜찮다. 다만 말로 전할 때는 반드시 진심을 담아야 한다. 그래야 그 기운이 좋은 에너지가 되어 보이지 않는 세계에 가닿을 수 있다. 그리고 보이지 않는 힘은 그러한 사람의 편에 서준다.

앞서도 언급했듯이 우리는 배움을 위해 인생의 테마를 정하여 이 세상에 태어났다. 그리고 저마다의 영혼은 이 세상에서 삶의 지침이 되어줄 부모, 형제, 배우자, 친구, 등등의 환경을 스스로 선택했다.

앞으로도 우리는 '인생이라고 하는 여행'을 계속하게 되겠지만 이 여행의 끝자락에서 여전히 모든 것에 '감사'를 말할 수 있는 사람이 되도록 노력하며 모두가 즐겁게 살아갔으면 좋겠다.

맺음말

끝까지 읽어주셔서 감사합니다.

'지금 무언가로 인해 괴로워하고 있는 이에게 사후 세
계로부터 전달되는 메시지를 들려주고 싶습니다. 이 세상
의 모든 사람, 최선을 다해 충실히 살아가는 모든 이들이
행복했으면 좋겠습니다. 저는 앞을 바라보며 긍정의 힘으
로 살아가려고 노력하는 사람을 위해 존재합니다.' 어릴
적부터 지녀온 이런 과감한 꿈이 저를 분발하게 하여 이
책을 쓰게 되었습니다.

여러분 가운데는 소중한 사람을 잃고 앞으로 어떻게 살아가야 할지 망연자실하고 있는 분도 계실 것입니다. 하지만 궁극적으로 '나는 이런 사람이고 싶다'라고 생각하는, 그런 사람이 되는 것이 삶의 가장 중요한 사명입니다. '다른 사람이 나를 이렇게 생각해주면 좋겠다'가 아니라 '이게 바로 나입니다'라고 말할 수 있는 삶을 사십시오. 또한 '자유롭고 순수한 마음'을 지니고 살아가기 바랍니다. 그것이 제가 이 책을 통해 전하고자 하는 이야기입니다.

끝으로, 당신의 인생은 당신만이 살아갈 수 있습니다. 그리고 틀림없이 어딘가에서 온 힘을 다해 당신을 응원해주고 있는 사람이 있습니다. 바로 당신에게 있어 소중한 사람들입니다. 비록 눈에 보이지는 않더라도 세상을 떠난 소중한 사람을 떠올리면 언제라도 곁에 다가와 당신의 편이 되어줄 것입니다. 우리는 모두 인연의 사슬로 연결되어 있기 때문입니다.

보이지 않는 힘이 내 편이 되어줄 때

초판 1쇄 발행 · 2024년 4월 12일

지은이 · 사토미
옮긴이 · 김영진
펴낸이 · 김요안
편집 · 강희진
디자인 · 부추밭

펴낸곳 · 북레시피
주소 · 서울시 마포구 신수로 59-1
전화 · 02-716-1228 팩스 · 02-6442-9684
이메일 · bookrecipe2015@naver.com ｜ esop98@hanmail.net
홈페이지 · https://bookrecipe.modoo.at
등록 · 2015년 4월 24일(제2015-000141호)
창립 · 2015년 9월 9일

ISBN 979-11-93551-15-8 03830

종이 · 화인페이퍼 인쇄 · 삼신문화사 후가공 · 금성LSM 제본 · 대흥제책